LOUIS BLANC

ET

PATHFINDER

CORRESPONDANCE

A PROPOS

DE LA FONDATION DU JOURNAL

L'HOMME LIBRE

par

V. PATHFINDER.

NICE

TYPOGRAPHIE, LITHOGRAPHIE ET LIBRAIRIE S. C. CAUVIN ET Cie,
Rue de la Préfecture, 6.

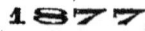

1877

LOUIS BLANC ET PATHFINDER

LOUIS BLANC

ET

PATHFINDER

CORRESPONDANCE

A PROPOS

DE LA FONDATION DU JOURNAL

L'HOMME LIBRE

par

V. PATHFINDER.

NICE

TYPOGRAPHIE, LITHOGRAPHIE ET LIBRAIRIE S. C. CAUVIN ET Cie,

Rue de la Préfecture, 6.

1877

ERRATA

—

Page 18, ligne 10mo, au lieu de : *ne peut ternir*, lire : *ne peut que ternir*.

Page 66, ligne 16, au lieu de : *Je fus*, lire : *Je suis*.

Page 83, ligne 6me du bas de la page, au lieu de : *président de la Commission*, lire : *président du Conseil*.

AVANT-PROPOS

—

En forme d'avant-propos, je place ici la lettre suivante, adressée par moi à mes compatriotes et à mes amis, lettre qui n'a pas eu la chance de paraître parce que six ou sept journaux de Paris en ont refusé la publication.

———

I

A mes Compatriotes russes et à mes amis.

Le stimulant de mon travail de trente années a été d'arriver à la possibilité de fonder un journal, destiné à familiariser les peuples de l'Europe avec la Russie et à me permettre d'exprimer librement mes opinions au sujet des questions sociales, économiques, politiques et philosophiques, opinions tirées d'une longue expérience, d'études et de relations nombreuses que j'ai eues durant ma vie.

Pour atteindre mon but, il a fallu choisir pour le journal la langue la plus répandue en ce moment en Europe ; incontestablement, cette langue est la langue française.

Quelques personnes, amies de M. Louis Blanc, ayant appris mon projet, conçurent l'idée de nous mettre en relations, afin que nous puissions nous entendre au sujet de la fondation d'un journal.

Evidemment, la principale chose était de savoir si nous pouvions nous entendre sur les différentes questions que je viens de mentionner.

A plusieurs reprises, M. Louis Blanc et moi nous avons passé en revue toutes les questions importantes ; j'ai soumis aussi à M. Louis Blanc, pour l'édifier complètement sur mes opinions, mes brochures et articles en langue française, et, en définitive, il m'a dit qu'il était d'accord avec moi sur toutes les questions, sauf sur celle de *l'impôt sur le capital*. Il y avait aussi entre nous certaines divergences d'opinions, peu importantes, au sujet des questions philosophiques, sur lesquelles, cependant, ainsi que sur la question de l'impôt, il admettait la discussion dans le journal même.

Une fois d'accord sur les questions générales, j'ai posé comme conditions :

1º Que le journal ne doit pas être un journal de parti ou de coterie.

2º Qu'il donne une large part aux intérêts généraux et qu'il ait des correspondants dans les principaux centres politiques de l'Europe.

3º Qu'il soit sympathique au peuple russe et à la cause slave, qui consiste dans l'émancipation complète de tous les chrétiens du joug musulman.

Et 4º je me réservais le droit de publier dans le journal mes articles sans la moindre modification de la part de la rédaction, à la condition qu'ils fussent signés et subissent, s'il y a lieu, des objections dans le journal même.

Ce n'est que quand M. Louis Blanc eut pris verbalement tous ces engagements envers moi, que je me suis décidé à souscrire pour 80 actions de mille francs sur 150, et le journal fut fondé.

Mais dès les premiers jours de son apparition, le journal fit preuve d'esprit de parti et de coterie, de manque de sympathie à la Russie et à la cause slave, et en outre mes articles furent soumis à une censure inacceptable. Je dus faire des observations à M. Louis Blanc à ce sujet ; ces observations étant restées sans résultat, je me suis considéré comme obligé de demander au Conseil de surveillance, par une lettre du 5 novembre, la faculté de me retirer et de rentrer en possession des fonds que j'avais avancés.

Cette lettre eut pour conséquence de décider M. Louis Blanc à m'affirmer de nouveau, et par une lettre particulière cette fois, ses engagements envers moi.

Effectivement, pendant quelques jours, mes articles purent passer sans la censure de la rédaction ; mais cela n'a duré que très-peu de temps.

A ce moment, par le fait d'un hasard, il m'était facultatif de disposer de mon argent, c'est-à-dire, de le retirer quand bon me semblerait. Mais sitôt que je me fus mis dans l'impossibilité de retirer mes fonds les choses prirent une autre allure : par une étrange coïncidence un article que je présentai à M. Louis Blanc aussitôt après, fut non seulement refusé, mais M. Louis Blanc me proposa d'en signer un, fait par lui, comme émanant de moi.

A la suite de cet incident, qui a été une attaque à mes droits, à ma liberté et à ma dignité d'homme et de publiciste, j'ai dû rompre mes relations avec le journal.

Ainsi, je fais connaître à mes compatriotes et à mes amis, pour me justifier envers eux, que, malgré la participation toute particulière que j'ai prise à la fondation de l'*Homme libre* , ils n'aient plus à m'attribuer aucune responsabilité en ce qui concerne ce journal, que je considère comme un journal peu sérieux,.entâché fortement d'esprit de parti et de coterie et qui n'est franchement sympathique ni à la Russie, ni à la cause slave, ni à la chrétienté. J'ai fait tout mon possible pour retirer au journal mon appui à temps, c'est-à-dire, sitôt qu'il a dévoilé son caractère, mais on ne m'a donné aucune réponse définitive.

Je me réserve de faire paraître prochainement une brochure intitulée : *Louis Blanc et Pathfinder*[1] dans le but d'appuyer cette lettre par des documents authentiques.

VALÉRIEN DE PANAIEFF.

19 décembre 1877.

Puisque M. Louis Blanc, jusqu'à présent, n'a non seulement pas songé à me donner satisfaction, mais, au contraire, a autorisé à m'intenter un procès pour me demander un nouveau versement d'argent ; puisqu'il s'amuse avec ses amis à dénaturer les faits et à me provoquer dans le journal que j'ai, pour ainsi dire, fondé; puisque, par dessus le marché, ce journal refuse la publication de mes réponses à ses provocations , et puisque, enfin, M. Louis Blanc trouve tout cela naturel — ce qui est, incontestablement, une manière de voir bien singulière, mais cependant peu -compréhensible pour la conscience des hommes *sauvages*, dans le rang desquels ses amis intimes m'ont placé, — je me trouve forcé de publier les documents ci-dessus mentionnés.

(*) M. Louis Blanc, ayant demandé que mes articles soient signés non de mon nom, mais d'un pseudonyme. j'ai dû en choisir un.

LOUIS BLANC & PATHFINDER

Mes relations relatives à la fondation du journal l'*Homme libre,* datent du jour où j'ai reçu la lettre suivante de M. Talandier :

II

Paris, 47, rue d'Enfer, le 23 mai 1876.

Cher Monsieur de Panaïeff,

Je désirerais vivement causer avec vous au sujet du journal que se proposent de faire paraître prochainement quelques-uns de mes amis. Pouvez-vous venir à la Chambre des députés, à Versailles, vendredi à une heure, ou aimez-vous mieux me donner un rendez-vous à Paris ? Dans ce dernier cas, il faudrait que ce fût le matin ou le soir après 8 heures. En tout cas vous serez sûr de me trouver chez moi le vendredi et le mardi matin entre 9 et 11, à Paris, sans parler de la Chambre à Versailles.

A vous très-cordialement,

A. TALANDIER.

Après avoir reçu cette lettre, je suis allé à Versailles, où j'ai eu une conversation avec M. Talandier. Ce dernier alla ensuite à la séance de la

Chambre des députés pour voir M. Louis Blanc, et quelques instants après M. Talandier est revenu me dire que M. Louis Blanc a fixé mon entrevue avec lui au lendemain.

Je fus, en effet, à l'entrevue et j'expliquai à M. Louis Blanc mes intentions sur le journal ; je lui donnai en même temps quelques-unes de mes brochures (1) et articles pour lui faire connaître mes opinions.

Je revins quelques jours après pour savoir si l'accord pouvait s'établir, et nous nous entendîmes alors avec M. Louis Blanc, pour le cas où la fondation du journal aurait lieu, sur les quatre points qui sont désignés déjà dans la lettre servant d'avant-propos à cette brochure.

Peu de jours après je partis pour la Russie, où je reçus un projet des Statuts de la Société à fonder. Ayant trouvé ce projet inacceptable, j'ai alors abandonné l'idée de fonder un journal en commun.

Etant rentré en France au mois d'août, je me trouvais à *la Celle Saint-Cloud*, lorsqu'un monsieur, se disant secrétaire de M. Louis Blanc, se présenta chez moi et m'invita à reprendre les pour-

---

(1) Notamment :

Programme de la Sainte-Alliance des peuples. Paris, Palais-Royal, 1859.

Emancipation des Serfs en Russie. Bruxelles et Leipzig, C. Muquardt, 1859.

Voix de la Russie. Paris, Ghio, Palais-Royal ; Bruxelles, C. Muquardt, 1875.

Conférence de Bruxelles. Paris, Ghio, Palais-Royal ; Bruxelles, C. Muquardt, 1875.

Un Mémoire sur l'organisation de la commune en Russie et un autre sur la question de la construction et l'exploitation des chemins de fer par l'Etat, tous deux publiés dans le compte-rendu du Congrès des sciences sociales qui a eu lieu à Berne en 1865.

parlers, concernant le journal, avec son maître, et me fixa un rendez-vous avec ce dernier pour le lendemain, en m'exposant que le projet des Statuts en question ne présente aucune importance et que M. Louis Blanc lui-même ne l'approuve pas.

Cette nouvelle démarche, faite directement au nom de M. Louis Blanc, me détermina à accepter cette invitation, d'autant plus qu'on m'avait annoncé que plusieurs personnes avaient déjà souscrit des sommes importantes pour la fondation du journal.

Depuis cette époque jusqu'à la signature des Statuts et l'apparition du journal, j'eus bien souvent des conversations avec M. Louis Blanc et, à tout propos, je tâchais de lui faire comprendre les nuances même de mes opinions, afin d'éviter à l'avenir tout malentendu qui pût être porté à ma charge.

Même un jour j'avais porté à M. Louis Blanc un projet de programme pour le futur journal. Il trouva ce programme parfait et me dit qu'il le publierait dans le premier ou le second numéro. Cependant, une fois directeur du journal, il n'a pas voulu l'insérer dans l'*Homme libre*, mais en a autorisé la publication dans les annonces des journaux étrangers.

Ce programme le voici :

III

PROGRAMME.

Avant tout, nous tenons à dire à nos futurs lecteurs, qu'en entreprenant la publication d'un journal, nous ne cédons pas seulement au besoin de satisfaire le désir moral, involontaire et certainement très-légitime et honorable qu'éprouve tout être humain d'émettre ses idées. Non ! le principal mobile qui nous guide est la certitude de parvenir au moyen de cette arme à la réalisation des principes.

Le temps des paroles est passé — celui des actions arrive.

Mais ne vous trompez pas sur la signification de ce mot. Nous n'entendons nullement par « *action* » les violences révolutionnaires. Nous ne sommes pas des démolisseurs, mais des constructeurs, arrivant à l'œuvre avec des plans longuement étudiés et des matériaux déjà taillés. L'hésitation ne nous est donc pas permise ; jamais elle ne tachera notre drapeau.

Nous sommes d'avis que si l'on n'est pas prêt à bâtir un nouvel édifice il vaut mieux garder l'ancien. Avoir un abri quelconque est certainement meilleur que de n'en avoir point.

Nous sommes des hommes convaincus, et nous ne comptons que sur cette force, étant fermement persuadés qu'il n'en existe pas de plus invincible.

Cela dit, exprimons brièvement ce que nous voulons.

En première ligne nous mettons le plus grand de tous les principes sociaux ; qu'il soit notre entête :

1. Nous voulons : **L'homme libre.**

Il est généralement cru que l'homme a déjà acquis sa liberté et qu'il ne lui reste plus que certains droits politiques à conquérir.

C'est une erreur. L'homme n'est pas libre ; s'il l'était, la question sociale serait résolue.

Il faut donc que l'homme soit libre moralement, personnellement et que, par-dessus tout, il soit indépendant matériellement. Sans cela la liberté de l'homme n'est qu'un vain mot.

2. Nous voulons : **La liberté absolue de la parole, de la presse et des réunions.**

La plus grande partie des peuples ne jouit pas de ces libertés. Cette privation est un empiètement de la société sur la faculté de l'homme, celle qui constitue sa force de défense. Nous l'aurons, et nous l'aurons bientôt.

3. Nous voulons : **L'homme jouissant de tous ses droits politiques.**

Jusqu'à présent il n'est aucun état qui puisse s'énorgueillir de pratiquer ces droits d'une façon complète. Cependant la pratique des choses demande à ce sujet des réformes radicales. Ne serait-ce pas la France qui parviendrait à en donner l'exemple ? Cette question, si elle n'est pas la plus importante, est à coup sûr la plus urgente et la plus indissolublement liée à la précédente.

Les trois questions énumérées ci-dessus ne touchent qu'à la restitution à l'homme de ses droits naturels et inaliénables, et leur solution ne serait que l'entrée de l'homme dans l'atmosphère qui lui est propre, atmosphère sans laquelle il végète au lieu de vivre.

Ces questions appartiennent à l'ordre des principes ou des vérités absolues, qui sont indépendants du temps et de l'espace, c'est-à-dire du lieu.

Maintenant passons à des questions, non moins importantes, mais qui pourraient, cependant, être considérées comme des questions subséquentes, et plus ou moins relatives, dépendantes de l'état de la civilisation ou du développement intellectuel, moral et matériel des peuples.

Dans cet ordre des questions, nous placerons en premier lieu celle qui, pour ainsi dire, est le but définitif de la question sociale.

4. Nous voulons : **L'homme jouissant du bien-être matériel en proportion de son intelligence, de ses connaissances, de son travail et du degré d'utilité qu'il apporte à la société.**

Illusions ! utopie ! s'écrieront les économistes du jour. Aveugles ! leur répondrons-nous à notre tour.

Pour ceux qui observent, qui méditent et qui pèsent les faits, il n'existe pas le moindre doute qu'involontairement tout marche vers la solution indiquée, solution inévitable ; pour la hâter, il ne s'agit que de reconnaître cette vérité, afin de marcher en connaissance de cause.

Le règne des économistes se réconciliant avec la loi d'inévitabilité de la misère, qui envenime par cette doctrine la plupart des esprits et surtout ceux des hommes d'État, n'a que trop duré; il touche à son terme. Le temps des paradoxes Maltusiens est passé ; l'avenir et même un avenir immédiat est à nous.

Pour arriver à la solution de la question précédente ;

5. Nous voulons : **Le développement large du travail productif, surtout, répétons-le, de l'agriculture.**

Cette branche n'a été que trop négligée au profit des autres branches, telles que : le commerce et l'industrie. *Nous voulons voir disparaître* cette anomalie honteuse pour tout pays civilisé.

L'homme ne trouvant pas du travail, ou bien, ne gagnant par son travail qu'une existence misérable.

Pour activer le travail productif :

6. Nous voulons : *A*. **L'abolition des impôts indirects en leur substituant l'impôt unique et direct : impôt sur le capital.** *B*. **La réduction du budget de l'État au moins de la moitié dans les branches des administrations improductives absorbant les richesses nationales.**

7. Nous voulons enfin : **L'instruction obligatoire et une instruction pratique et réelle; que chaque individu sache lire, écrire et possède au moins les premiers éléments d'arithmétique, de géométrie, d'algèbre, de physique, de chimie, de botanique et de géographie, connaissances absolument indispensables dans l'industrie et dans l'agriculture, les deux bases du bien-être social.**

8. Dans la politique extérieure, nous voulons : **La paix, et nous ne nous lasserons pas de réclamer le désarmement de toutes les nations, ou au moins la réduction des budgets des ministères de la guerre à la moitié.**

La tâche du journal sera-t-elle de traiter vaguement les questions énumérées ci-dessus ? Non ! nous voulons entrer au fond, dans les détails et dans la pratique des choses, et démontrer à chaque propos non-seulement la possibilité de leur réalisation, mais encore leur inévitable urgence.

Ainsi, par ce qui précède, je fais connaître en peu de mots comment les choses se sont passées avant que l'apparition du journal ait eu lieu.

Maintenant, par les documents qui suivront, je ferai connaître mes relations avec la direction du journal postérieures à sa publication.

La lettre suivante a été écrite neuf jours seulement après l'apparition du journal.

IV

Paris, 3, rue Balzac. — 5 novembre 1876.

Aux Membres du Conseil de Surveillance du Journal l'HOMME LIBRE

MESSIEURS,

Je manquerais à un des principes que j'ai suivis toute ma vie, si je ne vous exprimais pas, avec une pleine franchise, mes opinions concernant la marche de notre journal et la situation qui m'y est faite et qui ne laisse pas que de me surprendre. Mais avant tout il faut que je me rapporte un peu en arrière.

Ayant travaillé toute ma vie pour arriver à la possibilité de publier un journal à ma propre guise, je me suis décidé à en fonder un ici, par la raison que la langue française, étant la plus répandue dans toute l'Europe, elle répond mieux qu'aucune autre au but que je me suis proposé.

Quelques-uns des amis de M. Louis Blanc, ayant appris mon intention à ce sujet, se sont adressés à moi pour me persuader de m'unir à lui. Ayant eu l'honneur de faire par leur intermédiaire sa connaissance, nous nous sommes entendus avec M. Louis Blanc pour la publication d'un journal et nous sommes convenus que :

1° Le journal ne sera nullement un journal de parti ou de coterie ; que, par son caractère, il devra présenter un intérêt général et devra avoir des correspondants dans tous les principaux centres politiques de l'Europe.

Ensuite nous avons passé en revue toutes les questions importantes sociales, économiques, politiques et philosophiques, et sur toutes ces questions nous nous sommes trouvés d'accord ; de plus, pour l'éclairer complètement sur mes principes, j'ai eu l'honneur de soumettre à M. Louis Blanc quelques-unes de mes brochures, écrites en langue française et résumant mes idées. Afin qu'il ne puisse y avoir le moindre malentendu sur la question politique particulière qui préoccupe actuellement l'Europe, j'ai trouvé utile d'exprimer mes idées à ce sujet dans un article publié dans le *Bien Public* et dans un discours lu à un banquet. De sorte que j'ai fait, pour ma part, tout ce qui était humainement possible pour que M. Louis Blanc sache d'avance mes opinions ; et, encore une fois, nous étions parfaitement d'accord.

2° Je me réservais le droit de publier mes articles dans le journal, en annonçant à M. Louis Blanc que je voulais y prendre une part très-active. Il a accepté mes réserves à la seule condition que mes articles soient signés et subissent les objections qui pourraient être faites par la rédaction.

Paraît l'assertion des *Droits de l'Homme*. — Il n'est pas de mots pour la flétrir, par la raison même qu'elle était dictée par des mobiles peu louables et émanait de vos confrères politiques qui l'avaient renouvelée à plusieurs reprises, malgré les lettres de M. Talandier. — Ayant appris par ce dernier que cet incident préoccupait beaucoup M. Louis Blanc, je suis venu moi-même lui offrir de me retirer, afin de ne lui causer aucun embarras. Il a vivement repoussé ma proposition, en me disant qu'il tenait absolument à faire le journal avec moi. Je passe maintenant à l'actualité. — Dans des

articles, traitant la plus importante question du moment, que fait-on ?— On sacrifie la vérité et les principes
de l'humanité pour donner gain de cause aux insinua-
tions des *Droits de l'Homme*. Ainsi, au lieu de flétrir la perfidie de ce journal, on le flatte en trahissant
la vérité ; ce n'est ni sérieux, ni juste ; c'est de la coterie poussée à sa dernière limite.

Je me permets de vous soumettre quelques passages
tirés de notre journal :

« Mais nous nous refusons à croire qu'elle (c'est-à-
« dire la Russie) intervienne dans les affaires de la
« Serbie par le seul amour de l'humanité. Il n'y a que
« la France qui prenne les armes pour une idée et de
« simples intérêts moraux. »

A mon point de vue, c'est une fanfaronnade peu
excusable pour un journal sérieux. L'histoire ne nous
fait connaître que deux luttes accomplies dans le siècle
présent au nom d'un principe juste et vrai : ce sont
celles qui ont eu pour but l'émancipation des Grecs et
des Nègres, et encore cette dernière lutte était-elle
complètement désintéressée de la part des Etats du
Nord ? Si jamais il y a eu des faits d'abnégation et de
désintéressement unis au sacrifice du bien-être, de la
vie même, on ne saurait en citer un exemple plus frap-
pant que celui que nous offrent en ce moment les volontaires russes. Non-seulement ils n'ont rien à gagner,
mais encore, une fois rentrés dans leur pays, ils seront
toujours soupçonnés d'être des hommes trop libéraux et
par conséquent dangereux ; et à quels supplices ne
s'exposent-ils pas ? Dernièrement j'ai lu le fait suivant,
qui n'est malheureusement que trop constaté : Six offi-
ciers russes étant tombés par hasard dans les mains des
Turcs, ont été immédiatement entourés de paille et
brûlés vifs aux yeux de leurs camarades impuissants à
les secourir. Je perdrais toute la considération de mes
amis, de mes compatriotes et celle des honnêtes gens,
s'ils apprenaient que j'ai pour ainsi dire fondé un jour-

nal et que ce journal reste non-seulement muet à propos du mouvement qui s'est manifesté en Russie et des faits semblables à ceux que je viens de citer, mais qui considère ce mouvement comme ayant un intérêt pour mobile. Si j'ai fait de certains sacrifices, ce n'est pas pour être à juste titre accusé par d'honnêtes gens, mais bien pour soutenir la vérité partout et toujours.

Je cite encore un passage :

« Sachez, genéral Tamisier, qu'une âme fiancée à « Jésus-Christ ne peut ternir sa candeur au souffle de « la science profane. »

Ceci est une plaisanterie peu heureuse, ou plutôt une injure à la vérité et au Père du socialisme, qui est Jésus ; car, seuls, les peuples qui portent le nom de chrétiens prospèrent et possèdent la science ; les autres restent dans l'ignorance et dans la brutalité. La véritable émancipation de l'esprit humain et par conséquent la vraie science a son point de départ dans la philosophie chrétienne.

J'aurais pu citer encore bien d'autres passages qui sont un démenti tantôt à l'histoire, tantôt aux vrais principes sociaux, mais cela m'entraînerait trop loin. Je passe au fait suivant :

Croyant que le journal devait avoir, en ce moment surtout, un correspondant à Saint-Pétersbourg, j'ai proposé à M. Louis Blanc de me charger d'arranger cette affaire, si toutefois il n'avait pas déjà quelqu'un en vue ; étant autorisé à m'en occuper, je suis entré en négociation avec trois personnes ; mais quand je leur eus fait part des conditions proposées par M. Louis Blanc (*trois sous la ligne*) je ne reçus aucune réponse.

Cependant, ayant une fois pris sur moi d'arranger l'affaire et pensant que je pourrais recevoir à ce sujet des reproches de M. Louis Blanc, (qui m'avait dit que c'était le prix généralement admis pour les correspondants) je me suis adressé à un de mes amis intimes pour lui demander de m'envoyer gratuitement des nouvelles que je me chargerais de traduire jusqu'à ce qu'une correspondance régulière soit organisée. Avant hier cette correspondance a été remise par moi à la ·rédaction. Les corrections qui y ont été faites ont complètement dénaturé le sens de la lettre. Ces corrections me prouvent que la rédaction constitue une *censure* comme je n'ai jamais connu ; on dirait que la préoccupation de le rédaction consiste non à donner des nouvelles caractérisant la physionomie des pays étrangers, mais d'effacer tout ce qui ne lui plaît pas,— nouvelle preuve que le journal veut être un journal de coterie. Je vais citer encore le fait suivant :

Mon dernier article a non-seulement subi une *refonte complète* dans la censure du journal, mais encore m'attribue-t-on des paroles que je ne voulais nullement dire, paroles qui doivent forcément paraître ridicules aux yeux de tous les hommes sensés. Voilà ce que j'ai dit : « Les électeurs français *peuvent tenir* dans leurs mains les destinées du monde entier... » Voilà ce que l'on me fait dire : « Les électeurs français *tiennent* en leurs mains les destinées du monde entier... » Mes paroles contiennent une vérité, tandis que la petite modification qui y a été faite et qui les rend ridicules n'a été certainement dictée que par un esprit de fanfaronnade ou bien dans le but de flatter l'ignorance. — Je me résume :

Le journal, tel qu'il est, est un journal de parti, ou plutôt un journal fait au profit de quelques personnes, un journal qui n'offre aucun intérêt général, il est en outre privé de correspondants étrangers et de dépêches télégraphiques et par dessus tout il n'est même pas un journal purement politique, puisque « *les mœurs* » y occupent une des premières places ; encore si cette partie du journal était faite avec talent , mais elle est au-dessous de toute critique.

Enfin, mes articles, malgré les conditions verbalement arrêtées entre M. -Louis Blanc et moi, subissent une censure non sur le style, mais sur le sens ; à côté d'une telle censure, celle par laquelle il m'était arrivé de passer dans mon pays me semble infiniment plus douce par la raison qu'elle ne faisait qu'empêcher de dire telle ou telle chose, mais ne forçait jamais les auteurs à dire ce qu'ils ne pensaient pas. Une censure de ce genre me paraît singulière surtout dans un journal qui a pour titre *l'Homme libre*.

Prenant donc en considération que pas un des engagements, verbalement pris envers moi, n'a été rempli, je trouve de mon droit de me retirer et demande de me restituer les fonds que j'ai versés. Ma retraite ne pourra causer aucun embarras au journal puisque ce dernier a réussi, et elle aura pour toute conséquence celle de doubler les bénéfices des autres actionnaires de la part industrielle, ainsi que ceux du capital. D'ailleurs, puisque le journal est plus sympathique à la cause des Turcs et aux démonstrations honorables des étudiants de la Hongrie qu'au mouvement qui s'est manifesté parmi le peuple russe, il serait plus naturel que pour trouver des fonds il s'adresse à ces premières nationalités s'il ne trouve pas parmi ses compatriotes assez de ressources pour soutenir la cause sociale.

V. Panaieff.

Lettre écrite trois jours après la précédente :

V

Paris, 3, rue Balzac. — 8 novembre 1876.

A Monsieur Talandier.

Monsieur,

Je me permets de vous prier de prendre, le plus tôt possible, les dispositions nécessaires pour terminer mon affaire. Je comprends bien que la convocation de l'Assemblée générale est indispensable pour en régler la solution, mais je pense qu'en ce moment la solution dépend en grande partie de vous.

Si les autres, pour des raisons sur lesquelles je ne veux pas insister, ne veulent pas comprendre ma juste indignation, j'espère que vous, du moins, la comprenez. Sans parler d'abord des sacrifices d'argent, je ne puis m'empêcher de dire que ce sont surtout les sacrifices moraux que j'ai dû faire, qui me brisent le cœur.

J'ai quitté mon pays, mes affaires, ma position sociale, mes amis, mes parents, je me suis même brouillé avec quelques-uns d'entre eux qui me portaient le plus d'affection, parce qu'ils ne se lassaient pas de m'accabler de lettres pour m'arrêter dans mes intentions, en répétant constamment : « Tu n'atteindras pas ton but, tu seras trompé et exploité. » Que de duretés ne leur ai-je pas écrites pour défendre la personne avec qui j'entreprenais l'affaire ; c'est à la suite de ces duretés que notre correspondance a dû être rompue. Quant à mes sacrifices pécuniaires, croyez-vous donc qu'ils se bornent à ce que comprend ma souscription ? Non, Monsieur, les sacrifices que notre journal m'a coûté sont beaucoup plus considérables ; ils montent en ce moment à peu près au double de ladite somme.

Vous savez bien quel a été mon but, et je l'ai expliqué maintes fois à M. Louis Blanc. Ce but a été de fonder un organe, où je pourrais, au déclin de ma vie, parler enfin librement, but qui a été le stimulant du travail pénible de toute ma vie. Si quelqu'un osait en douter, mille voix s'élèveraient pour le prouver.

Où en suis-je maintenant ? — Je suis obligé de solliciter, comme une grâce, la publication de mes articles, de subir, en outre, une censure révoltante, et de voir que le journal fondé par moi déshonore le mouvement enthousiaste de mes compatriotes, mouvement désintéressé, dont l'histoire ne nous donne pas d'exemple, et qui est d'autant plus significatif qu'il est par-

2

venu à changer la politique du gouvernement, quoique le peuple ne jouisse d'aucun droit politique.

Comment voulez-vous que je souffre tout cela ? Ma conscience, mon honneur, ma dignité et mes droits *arrêtés verbalement* avec M. Louis Blanc s'y opposent. — Après tant de sacrifices accomplis, me suis-je avancé vers le but que je me propose depuis si longtemps ? Non, bien au contraire, j'en suis plus éloigné que jamais, grâce au tour qu'on m'a joué et qui me compromet comme publiciste.

Mon indignation est à son comble. Je vous prie donc, encore une fois, de terminer l'affaire le plus promptement possible, et surtout d'attirer l'attention de ceux que cela regarde sur les conséquences qu'entraînerait forcément un refus à ma demande légitime. Si, cependant, vous préfériez arranger l'affaire de quelque autre façon, je pourrais vous en indiquer une. Dans ce cas, je vous prierais d'avoir l'obligeance de passer chez moi demain matin vers les 11 heures ; nous en causerons.

Je vous serre cordialement la main.

V. PANAIEFF.

Bien que j'eusse adressé la lettre précédente à M. Talandier, ce fut de M. Hamel que je reçus la réponse suivante :

VI

L'HOMME LIBRE
Journal Quotidien
Directeur politique : LOUIS BLANC
16, rue de la Grange-Batelière, 16
PARIS.

Paris, le 9 novembre 1876.

CABINET DU DIRECTEUR.

Mon Cher Monsieur,

Vous seriez bien aimable de prendre la peine d'aller aujourd'hui, de dix heures à midi, voir M. Louis Blanc chez lui, rue Royale, n° 21.

J'ai la conviction qu'une conversation de quelques instants entre vous deux aplanira toutes les difficultés qui se sont présentées et qui ne viennent certainement que d'un malentendu.

Je n'ai pas besoin de vous dire combien je serais heureux que tout cela se terminât amiablement, et c'est dans cette espérance que je vous serre cordialement la main.

Ernest Hamel.

Je me suis expliqué cette lettre par l'inquiétude que devait éprouver M. Hamel de me voir retirer mon argent du *Comptoir d'escompte*; car, à ce moment, je pouvais encore disposer de mes fonds, ce que, parmi les membres du conseil, M. Hamel seul n'ignorait pas.

En même temps j'eus l'honneur de recevoir M. Talandier, et, à la suite de notre conversation, je lui ai adressé la lettre qui suit :

VII

Paris, 3, rue Balzac. — 10 novembre, 1876.

Mon cher Monsieur Talandier,

Vous avez cru à la possibilité d'arranger l'affaire autrement que par ma résolution de me retirer du journal et vous avez voulu savoir quelles seraient les bases d'arrangement qui, m'étant assurées, pourraient me détourner de cette résolution.

Je viens vous dire que je ne demande pas autre chose que ce qui avait déjà été convenu entre M. Louis Blanc et moi.

1° *Je voudrais que le journal ne fût pas exclusivement un journal de parti ou de coterie.*

Si M. Louis Blanc voulait sonder sa mémoire, il se

rappellerait peut-être que ma première impulsion a été d'annoncer que je ne donnerais pas un sou pour un journal qui n'aurait en vue que des intérêts de parti.

Ce principe admis, le journal doit être impartial dans ses appréciations des actes méritoires ou blâmables de quelque part qu'ils viennent et que la vérité ne soit jamais sacrifiée à des considérations étroites de parti. Je veux croire que M. Louis Blanc est du même avis que moi, cependant, malgré lui peut-être, le journal a pris exclusivement une direction dudit genre.

2° Je voudrais que le journal donnât une part suffisante aux intérêts généraux et qu'il visât à l'universalité.

C'était aussi l'avis de M. Blanc qui faisait même des assimilations au *Times*. Cette seule assimilation disait beaucoup et m'enlevait le moindre doute au sujet des limites étroites dans lesquelles, à ma grande surprise, le journal s'est enfermé. Non-seulement par le caractère du journal, nous ne suivons pas, même de loin, la direction du *Times*, mais un abîme infranchissable nous en sépare.

3° Je voudrais que le journal fût absolument sympathique au peuple russe et à la cause slave. Cette dernière se résume dans l'émancipation complète de ces peuples du joug musulman et du joug austro-hongrois, si tel est le désir de ceux qui sont encore soumis au dernier.

Je me permets de rappeler à ce propos, qu'outre mon article publié dans *Le Bien Public* et mon discours, dont M. Louis Blanc a connaissance, j'ai eu l'honneur de lui porter un jour un article de *La France* dans le but de m'assurer définitivement de sa manière de voir au sujet de la question d'Orient ; la réponse de M. Louis Blanc a été qu'il signerait volontiers cet article.

Eh bien, je ne demande pas autre chose, moi, que de suivre, à l'égard de cette question, la même politique que suit *La France*, sauf les rectifications que j'ai faites dans mon article remis à M. Louis Blanc.

Ne voulant pas, aussi, que le peuple russe soit confon-
du avec son gouvernement, je crois nécessaire que l'on
me fasse voir avant leur publication tous les articles
touchant la Russie. non pour les modifier, mais pour
porter l'attention de l'auteur, s'il y a lieu, sur les points
qui pourraient être embrouillés par lui.

4° *Je voudrais que tous mes articles, après avoir
été revus par vous (sous le rapport du style) fussent
publiés sans la moindre modification à la condition
d'être signés et de subir, s'il y a lieu, les objections
dans le journal même.* De plus je voudrais que mes
articles d'intérêt général ne restent pas à la rédaction
plus de deux jours; que ceux qui pourraient être provoqués par une polémique paraissent immédiatement et
que sous ce rapport on ait assez de confiance dans mon
tact qui saura comprendre la nécessité de remettre dans
l'intérêt du journal l'article au lendemain.

Toutes les conditions énumérées dans la présente ne
doivent aucunement surprendre M. Louis Blanc, car
toutes lui ont été exprimées par moi plus d'une fois,
sauf celle du terme de la publication de mes articles,
terme que je ne jugeais pas nécessaire de toucher, considérant ceci comme une question de convenance, mais
qu'aujourd'hui je me vois forcé de déterminer.

Si M. Louis Blanc voulait me donner une garantie
par écrit sur tous les points émis ici, je pourrais renoncer à ma demande de la restitution de mon argent.
Dans le cas contraire, je vous prierai d'avoir l'obligeance de ne plus tarder à convoquer l'assemblée générale.

Je crois de mon devoir de vous faire connaître, qu'en
cas de refus à ma demande de la part de l'assemblée,
je serais forcé, bien malgré moi et avec une profonde
douleur, d'avoir recours à la publicité, pour me justifier
aux yeux de tous mes compatriotes et mes amis, en leur
faisant savoir que quoique mon argent figure dans la
fondation du journal, ce journal vient, à ma grande

surprise, de prendre une certaine direction que je n'approuve pas et qu'à ma demande de me restituer mon argent, pour retirer mon appui au journal, on a répondu par un refus.

Veuillez agréer, etc.

V. PANAIEFF.

———————

A la suite de la lettre précédente, dont M. Talandier a donné connaissance à M. Louis Blanc, celui-ci a écrit au premier une lettre que M. Talandier m'a communiquée accompagnée d'une lettre de lui-même. Ces deux lettres suivent :

VIII

47, rue d'Enfer. — 12 novembre 1876.

Cher Monsieur de Panaïeff,

Je suis malade depuis plusieurs jours et surtout depuis l'effort que j'ai fait pour parler à la dernière réunion de la salle d'Arras.

Ne pouvant sortir (je vais aller aujourd'hui au journal pour la première fois depuis que j'ai eu le plaisir de vous voir), j'ai envoyé votre lettre à Louis Blanc, et voici sa réponse. Il me semble qu'elle est amicale et répond d'une manière satisfaisante à la vôtre.

J'espère donc que tout s'arrangera, sinon à votre satisfaction complète (car, moi qui ne me suis pas plaint, je n'espère en aucun cas avoir satisfaction) du moins assez bien pour que nous puissions travailler de concert à améliorer la situation du journal et par suite nos moyens de propagande.

Au fond, je crois, cher ami, que vous avez une doctrine philosophique et religieuse qui vous est propre, et, dans ce cas-là, il me paraît bien difficile que vous soyez satisfait d'un journal dont vous n'aurez pas la direction exclusive. Mais, à ce compte-là, j'aurais autant à me plaindre que vous ou que tout autre, car le journal qui est trop ceci pour vous, est trop cela pour moi. Ah ! quand viendra le temps où chacun, à l'aide d'une machine à composer, pourra faire un journal comme il écrit une lettre ! Alors, tous ceux qui possèdent ou plutôt sont possédés par une idée originale, pourront avoir leur journal et le publier à bon marché. Cela viendra ; j'en suis sûr. Mais nous n'y sommes pas encore, et, en attendant . . . .

. . . . !

Votre très dévoué,

A. TALANDIER.

IX

L'HOMME LIBRE
Journal Quotidien
Directeur politique : LOUIS BLANC
16, rue de la Grange-Batelière, 16
PARIS.
—※—
CABINET DU DIRECTEUR.

Paris, le 11 novembre 1876.

Mon cher Talandier,

J'ai reçu la lettre de M. de Panaïeff que vous m'avez envoyée.

Nous sommes tout à fait d'avis, mes collaborateurs et moi, que le journal ne doit pas être un journal de coterie ; qu'il doit être un journal de parti, en ce sens qu'il a été fondé par des républicains pour soutenir la cause de la République, mais qu'il servirait fort mal cette grande cause s'il la séparait un seul instant de celle de la vérité, c'est-à-dire s'il s'écartait du devoir de louer tout ce qui est méritoire et de blâmer tout ce qui est blâmable. Il ne saurait donc y avoir à cet égard entre M. de Panaïeff et nous le moindre désaccord.

Il croit que sous ce rapport, le journal a, malgré moi peut-être, pris une autre direction ; il se trompe.

J'ai lu tout ce qui a été publié dans l'*Homme libre*, depuis qu'il existe, et je me rends hautement cette justice, que je n'y aurais rien laissé passer qui ne fût conforme à ce qui est pour moi le plus grand des intérêts : celui de la vérité envers et contre tous.

M. de Panaïeff a raison de désirer que le journal donne une part suffisante aux intérêts généraux et vise à l'universalité.

Cela, je le désire aussi vivement que lui, et je serais heureux, comme je le lui ai dit, que nous eussions en France un journal aussi bien informé que le *Times* de tout ce qui se passe dans les différents pays du monde. — Mais la réalisation de ce désir dépend de l'étendue de ressources mises à la disposition du journal. Le *Times* a un format immense ; il est puissamment riche ; il n'a pas à regarder aux dépenses, il lui est facile d'entretenir à grands frais des correspondants partout où il en est besoin ; il a, en un mot, pour pouvoir obtenir des renseignements qu'il lui faut, énormément d'argent et, pour les publier, énormément de place. Comparer au *Times* l'*Homme libre*, dont le format est si petit, et dont les ressources sont si restreintes, est-ce possible ? La question est donc pour nous de faire de notre mieux dans la mesure de nos forces. Or, j'ai pris tout ce qu'il y a eu moyen de prendre sur notre mince budget, pour payer des correspondants étrangers et organiser un service de correspondance. Ce service demande à être étendu, il le sera, si la vente du journal me fournit l'argent nécessaire ; mais tout ne peut pas se faire en un jour, et M. de Panaïeff est trop juste pour vouloir l'impossible.

En ce qui touche la question d'Orient, je ne conçois pas que M. de Panaïeff puisse mettre en doute la vive sympathie que nous inspire la cause slave, résumée, selon ses propres expressions, dans l'émancipation

complète des populations slaves, aujourd'hui soumises
au joug musulman et au joug austro-hongrois. Cette
sympathie que nous ressentons également pour tous les
peuples opprimés, nous n'avons pas laissé échapper une
seule occasion de l'exprimer ; et si M. de Panaïeff
veut se donner la peine de lire la *France* du 1er novembre, il verra que ce journal proclame sienne précisément la solution par nous proposée et qui n'est autre
que celle formulée par M. de Panaïeff lui-même dans
le banquet de Saint-Mandé. J'ajoute que nous sommes
sympathiques au peuple russe comme nous le sommes à
tous les peuples, en vertu d'un principe qui est essen-
tiellement le nôtre : celui de la solidarité humaine.
Mais c'est précisément parce que nous sommes les amis
des peuples que nous n'avons garde de les confondre
avec les gouvernements qui les oppriment. C'est précisément parce que nous voulons voir les peuples s'appartenir, que nous sommes décidés à combattre les
idées de conquête que les *gouvernements*, quels qu'ils
soient, pourraient entretenir. Que le gouvernement
russe travaille à maintenir la paix et montre qu'il n'a
d'autre but que d'aider les populations slaves asser-
vies, à devenir maîtresses de leurs destinées, à s'appartenir, nous applaudirons.

Monsieur de Panaïeff juge qu'il y aurait avantage à
ce qu'il vît, avant leur publication, tous les articles concernant la Russie, non pour les modifier, mais pour
appeler l'attention de l'auteur, s'il y avait lieu, sur les
points qui pourraient être, dit-il, embrouillés par lui.
Si M. de Panaïeff parle, non de tout article où il serait question de la Russie, incidemment, mais des
articles qui la concerneraient d'une manière spéciale,
et s'il s'agit seulement pour lui de nous éclairer sur les
faits que contiendraient ces articles, je n'ai pas d'objection à ce qu'à cet égard satisfaction lui soit donnée,
toutes les fois que cette communication ne sera pas matériellement impossible comme question de temps. Je

reconnais en effet qu'il serait utile que M. de Panaïeff nous aidât de sés lumières en ce qui touche son pays, qu'il connaît naturellement mieux que nous. Mais il doit rester bien entendu que ces communications ne constituent aucun empiètement sur mon droit de directeur politique du journal. Ce droit m'a été donné sans réserve par les Statuts de notre société, il est le résultat logique et nécessaire de la lourde responsabilité que j'ai consenti à encourir par la publication de mon nom en tête du journal ; cette responsabilité, je ne l'aurais jamais acceptée, si l'on m'eût refusé ou seulement marchandé le moyen d'y faire honneur. Tout ce qui s'est fait, d'ailleurs, s'est fait en connaissance de cause. M. de Panaïeff se rappelle certainement qu'au moment de signer les Statuts qui allaient lier l'un à l'autre les fondateurs du journal, je leur ai déclaré que mes opinions d'aujourd'hui étaient celles que j'avais professées toute ma vie ; que si j'acceptais la direction politique du journal, c'était pour les défendre et les propager. « Ces opinions, ai-je ajouté, les connaissez-vous bien, Messieurs ? Vous savez mon but ; est-ce le vôtre ? »

Et c'est après la réponse affirmative et unanime des fondateurs du journal qu'ont été définitivement signés les Statuts qui me confiaient la direction politique de l'*Homme libre*, direction qui implique, cela va sans dire, le droit de publier ou de ne pas publier dans le journal, d'y admettre avec ou sans modification, tout ce que le directeur juge de nature à devoir être accepté ou rejeté. C'est, du reste, ce que M. de Panaïeff a compris, puisqu'il ne demande la communication préalable des articles concernant la Russie que pour éclaircir la conscience de ceux qui les auraient écrits.

M. de Panaïeff dit dans sa lettre : « Je voudrais que tous mes articles, après avoir été revus par vous, sous le rapport du style, fussent publiés sans la moindre modification, à la condition d'être signés et de subir, s'il y a lieu, les objections dans le journal même. » —

A cela nulle difficulté. C'est ce qui avait été convenu entre M. de Panaïeff et moi. — Cela sera.

M. de Panaïeff ajoute : « Je voudrais que mes articles d'intérêt général ne restent pas à la rédaction plus de deux jours ; que ceux qui pourraient être provoqués par une polémique paraissent immédiatement, et que, sous ce rapport, on ait assez de confiance dans mon tact, qui saura comprendre la nécessité, si elle existe, de remettre, dans l'intérêt du journal, l'article au lendemain ! »

Ici je ferai remarquer à M. de Panaïeff que cette obligation de publier à jour fixe des articles qu'on ne connaît pas encore, risquerait d'entraîner les inconvénients les plus graves. Quiconque s'est occupé du journalisme sait que les journaux vivent d'actualité ; qu'il est pour eux d'un intérêt suprême de répondre autant que possible aux préoccupations du moment : d'où la nécessité d'ajourner quelquefois, quand le défaut d'espace et l'abondance des matières l'exigent, les articles qui ont le moins d'à-propos, pour faire passer ceux qui en ont le plus. Cela est si vrai qu'il n'est pas un seul rédacteur de l'*Homme libre* dont les articles n'aient dû être ajournés, et j'en pourrais citer de M. Ernest Hamel et d'autres, qui sont sur le marbre depuis plus de huit jours. Le cadre à remplir étant malheureusement très-étroit, et toujours trop étroit pour ce que les exigences du public forcent à y mettre, il est évident que si, chaque rédacteur réclamant sa place, tous les articles fournis à un moment donné devaient être publiés à la fois, nul journal ne serait possible.

Si donc M. de Panaïeff a l'intention de donner à l'*Homme libre* une ou deux lettres par semaine, à peu près de la longueur de celle qu'il lui a déjà donnée, j'espère pouvoir les publier sans retard, mais l'intérêt du journal demande qu'aucun « délai fatal » ne soit fixé, et à mon tour je prie M. de Panaïeff d'avoir assez de confiance non seulement dans mon jugement, mais dans le très-sincère désir que j'ai de lui être agréable, et de faire profiter l'*Homme libre* de sa collaboration, pour être convaincu que la publication de ses lettres ne sera pas inutilement différée si, je le répète, elles ne dépassent pas le chiffre de deux par semaine et si elles ne doivent pas occuper dans le journal plus de place que celle qui déjà y a été publiée.

Je terminerai par une remarque. Des demandes contenues dans la lettre de M. de Panaïeff, deux sont entièrement nouvelles, et il n'en a jamais été question entre nous : C'est celle qui se rapporte à la communication préalable des articles concernant d'une manière spéciale la Russie, et celle qui se rapporte à un délai fixe pour la publication des lettres de M. de Panaïeff.

Quoi qu'il en soit, ce que je viens de dire lui prouvera combien j'ai à cœur qu'il n'ait pas sujet de regretter la part qu'il a prise à notre entreprise et combien j'attache de prix à la continuation de nos relations amicales.

Quant aux dernières lignes de sa lettre, tout ce que je puis dire, c'est qu'elles m'auraient causé un étonnement bien douloureux, s'il m'avait été permis d'y voir autre chose que l'effet d'un malentendu, dont il ne saurait rien rester après ma réponse.

Salut cordial,

LOUIS BLANC.

———————

Après cette lettre, M. Louis Blanc a laissé publier dans l'*Homme libre* quelques-uns de mes articles (*); je publie ici ceux qui ont trait à notre différend.

———————

(*) La plupart de mes articles qui n'ont pas paru ont été réunis par moi dans une brochure portant le titre : *Lettres aux Électeurs,* parue il y a deux mois à Paris, chez Ghio, éditeur, Palais-Royal.

X.

La vraie honte de l'Europe

Est-ce la diplomatie qui décidera la question d'Orient ? sont-ce les armes ?

Personne ne peut encore se prononcer sur ce sujet avec certitude.

Mais ce qui est certain, c'est qu'il n'est plus possible de songer sérieusement au *statu quo*.

Si la diplomatie avait le dessus dans ce moment suprême, il pourrait bien arriver que la solution proposée par elle fût d'accord avec celle dont M. Émile de Girardin s'est récemment fait le propagateur.

Dans sa brochure : *la Honte de l'Europe*, cet éminent publiciste, avec un courage d'autant plus digne d'éloge qu'il est plus rare, a avoué l'erreur dans laquelle il était tombé en 1854, en commun avec quelques-unes des autorités réputées les plus irrécusables, concernant la question d'Orient.

Aujourd'hui, M. de Girardin arrive à une conclusion différente de celle qu'il avait émise jadis, et cette dernière conclusion est, selon lui, la meilleure que l'on puisse donner à la grave question qui préoccupe actuellement toute l'Europe. Il défie d'ailleurs qui que ce soit d'en indiquer une meilleure.

Cette solution se résume ainsi :

Suzeraineté de la Porte et autonomie administrative des provinces européennes, qui paieraient au sultan un tribut équivalent au chiffre de l'impôt net que prélève actuellement le gouvernement turc.

L'éminent publiciste croit que c'est là la vraie solution de la question, et que, après cela, l'Europe pourrait désarmer.

Nous nous permettons non-seulement de douter de la valeur de cette prétendue solution, mais d'exprimer notre ferme conviction que M. de Girardin est complètement dans l'erreur, et cela pour une raison exactement la même que celle qui fut cause de son erreur il y a vingt-deux ans.

M. de Girardin se trouve encore sous l'influence d'une politique qu'on pourrait appeler géographique, politique, qui a fait son temps, qui a causé et cause encore trop de malheurs à l'Europe qu'elle tient armée et qu'elle ruine.

Il paraît qu'il n'a pas tenu assez compte de ce fait que les chemins de fer ont changé la face de l'Europe et ont ôté toute importance à la politique exclusivement géographique, et qu'il n'a pas bien compris le mouvement qui s'est produit dans le courant du dernier quart du siècle.

Ne s'était-il pas montré hostile à l'unification de l'Italie ? Prévoyait-il, il y a vingt ans, l'unification de l'Allemagne ? Prévoyait-il la décadence rapide de l'Autriche ? Ne la considérait-il pas au contraire comme un Etat solide ?

Tous les faits politiques accomplis dans le courant du dernier quart de siècle ne lui ont-il pas donné tort sur toute la ligne ?

Pourquoi donc se croit-il infaillible dans la combinaison qu'il propose maintenant ?

Il faut à l'époque actuelle non une politique exclusivement géographique, mais une politique qui prenne en considération les populations, et la réalisation de leurs volontés et de leurs besoins.

C'est une politique qu'on pourrait appeler politique sociale.

Quelle est donc la cause de l'erreur commise par M. de Girardin, il y a vingt-deux ans? Cette cause, la voici : c'est que, dans ses appréciations, il a omis de prendre en considération un élément qui n'a d'importance ni à ses yeux, ni aux yeux des autorités *irrécusables* sur lesquelles il s'appuyait ; mais qui, pour les peuples en question, a une suprême importance. Cet élément, c'est la religion dans son sens le plus élevé, c'est-à-dire la conscience humaine.

L'éminent publiciste a trouvé le vrai mot pour titre à sa brochure : *la Honte de l'Europe.* Seulement il n'a pas, dans sa brochure, précisé où gît cette honte.

La vraie honte de l'Europe consiste en ce que la diplomatie européenne, entachée depuis longtemps de scepticisme et d'indifférence, *commet le crime de subordonner forcément un principe supérieur à un principe inférieur et dégradant.*

Les diplomates perdent de vue que les peuples ne s'occupent pas de questions philosophiques, ce qui n'empêche pas les peuples de conserver le bon sens et l'esprit de vérité. Preuve : les meetings du peuple anglais en opposition aux intentions de son gouvernement, et les nombreux volontaires russes qui volent au secours de leurs frères et de leurs coréligionnaires, malgré les intentions intimes de leur gouvernement.

Si M. de Girardin n'avait pas négligé de prendre en considération l'élément dont nous parlons plus haut, il n'aurait commis, ni en 1854, l'erreur de croire que la question d'Orient n'était qu'une question d'administration, ni en 1876, l'erreur de supposer que cette question pouvait se résoudre définitivement par la suzeraineté de la Porte et par le paiement des tributs, et cela parce que c'est cette solution qui maintient la subordination du principe supérieur à un principe inférieur.

De notre côté, nous ne voulons chercher aucune combinaison fortuite ; mais nous ne voyons la vraie solution que dans le complet affranchissement des peuples chrétiens, et nous sommes fermement convaincus que cela se réalisera d'ici à peu de temps, même alors que la diplomatie européenne l'empêcherait de se réaliser actuellement ; auquel cas, les gouvernements des grandes puissances de l'Europe se déconsidèreront encore une fois aux yeux de leurs peuples.

Que la diplomatie fasse ce qu'elle voudra, cela ne changera rien au résultat définitif. Qu'elle tranche la question dans le sens indiqué par M. de Girardin, cela ne sera pas une solution, mais un très mauvais expédient, qui ne permettra pas à l'Europe d'entrer dans la voie du désarmement.

L'éminent publiciste fut toujours d'avis que la vraie politique est celle qui prévoit de loin.

Comme il est de toute impossibilité d'empêcher l'issue inévitable, c'est-à-dire l'émancipation entière des populations chrétiennes, pourquoi ne pas trancher immédiatement la question dans le sens de cette solution, en expulsant le gouvernement turc d'Europe, et laissant ensuite aux populations européennes de la Turquie, devenues indépendantes, la liberté de se constituer, comme bon leur semblera, sans leur imposer d'autre obligation que celle de se charger de la dette de la Turquie, qui incombe à ces provinces européennes, proportionnellement au chiffre de la population de chacune d'elles ?

On peut prévoir que les unes se constitueront en républiques, les autres en principautés, et que la force des choses les amènera à former deux Etats fédératifs : Etat fédératif septentrional (race slave et latine), et Etat méridional (race grecque).

Les caractères de la race slave et de la race grecque sont bien différents les uns des autres, et il est à présumer que ces races ne sauraient s'entendre et former un seul état fédératif, du moins pour le présent.

Ce n'est que l'éducation et le mélange des races qui effacent les divergences des caractères, et il n'est pas opportun de se préoccuper actuellement d'un avenir encore éloigné, de même qu'il serait inopportun de raisonner sur ce que deviendra l'Europe dans un siècle.

Si la prévoyance peut être considérée comme une preuve de raisonnement logique, nous nous permettrons de mettre sous les yeux de M. de Girardin, le passage suivant d'une brochure (1) écrite par un inconnu et qui lui fut adressée, il y a dix-huit ans (six mois avant la guerre d'Italie).

« D'abord se présentera la question : Quelle doit être la situation politique de l'Europe ?

» Tant que la politique de l'Angleterre, de la France et de la Prusse sera virtuellement basée sur la peur qu'elles conçoivent de la Russie, et non sur la logique, sur le bon sens et sur l'aspiration au bonheur des peuples, les choses resteront telles qu'elles sont.

» Quelles sont les plaies les plus douloureuses de l'Europe ? — Ce sont l'Autriche et la Turquie.

» Pourquoi l'Autriche et la Turquie existent-elles en Europe ? — Pour l'équilibre européen, dira-t-on. Erreur ! elles n'existent que parce que l'Europe occidentale a peur de la Russie.

» L'Angleterre aurait-elle peur de la France et de la Prusse, si l'Autriche et la Turquie n'existaient plus ? — Non.

» La France aurait-elle peur de l'Angleterre et de la Prusse, si l'Autriche et la Turquie n'existaient plus ? — Non.

» La Prusse aurait-elle à craindre davantage l'Angleterre et la France, si l'Autriche et la Turquie n'existaient plus ? — Non.

» La Russie aurait-elle rien à craindre de la France, de

---

(1) *Programme de la Sainte-Alliance des peuples.* Paris, E. Dentu, Palais-Royal, galerie d'Orléans, 13. Bruxelles, F. Clussen, rue de la Madeleine, 33 ; 1859.

l'Angleterre et de la Prusse, si l'Autriche et la Turquie n'existaient plus ? — Non.

» Est-il clair après cela que le véritable sens de la politique européenne, c'est la peur de la Russie.

» Admettons que l'Europe ait raison de craindre la Russie ; mais, dans ce cas, la politique tendant à conserver forcément l'Autriche et la Turquie présente-t-elle une garantie contre la Russie ? Au contraire, l'ami le plus dévoué de la Russie n'aurait guère pu inventer une politique qui plaçât la Russie dans des conditions plus avantageuses.

» Supposons qu'un beau jour un empereur de Russie, las des troubles incessants que causent à la paix générale l'Autriche et la Turquie, fasse un appel en ces termes : *Esclaves de l'Autriche et de la Turquie, réunissez-vous à nous, marchons bras dessus bras dessous vers le bonheur ; soyez libres, voilà la constitution que je vous offre !*

» Eh bien ! qui oserait nier que, sans tirer un coup de canon, l'Autriche et la Turquie ne disparaissent à ce seul mot.

» Plus on persiste à conserver l'Autriche et la Turquie, plus on s'avance vers l'ordre de choses que l'on craint.

» On aura beau déployer toutes les finesses diplomatiques possibles, on n'arrêtera pas la chute de ces deux empires, chute qui ne se fera pas trop attendre.

» Pourquoi alors se laisser prendre à l'improviste ? Ne vaudrait-il pas infiniment mieux que la diplomatie européenne abordât enfin cette question et la décidât dans un temps de calme, avec pleine indépendance et en dehors de toutes les considérations particulières qui pourraient surgir dans les temps de trouble et pousser inévitablement à une solution anormale.

» Qu'on ait le courage de prononcer le verdict : Point d'Autriche, point de Turquie ! et on aura simplifié la question politique de manière que l'Europe pourra pour bien longtemps compter sur la paix.

» On substituera à ces deux empires tout ce qu'on voudra ; tout vaudra mieux, et il y aura moins de motifs d'avoir peur de la Russie.

» Une fois l'Autriche et la Turquie effacées, l'Europe pourra avec facilité changer sa physionomie politique, pour entrer, relativement aux exigences du moment, dans une position plus normale et prendre, à peu près, la configuration suivante :

» France : jusqu'au Rhin ;

» Prusse : toute l'Allemagne, moins les provinces slaves ;

» Sardaigne : toute l'Italie, Naples y compris ;

» Hongrie : les Hongrois avec quelques peuples voisins qui voudraient en faire partie ;

» Royaume slave (1) : les Slaves du Midi, et à côté d'eux les Roumains faisant actuellement partie de l'Autriche et de la Turquie ;

» Grèce : la partie méridionale de la Turquie d'Europe.

» Mais est-il probable que les trois grandes puissances précitées tombent d'accord ? Et quand même la France et la Prusse parviendraient à s'entendre, l'Angleterre n'acceptera jamais cette politique, et, pour cette raison, nous croyons que dans l'avenir la paix européenne est plus que douteuse. »

Or, cet auteur, (le même qui écrit aujourd'hui ces lignes), n'a-t-il pas prévu l'unification de l'Italie, l'unification de l'Allemagne par la Prusse, la chute de la Turquie, chute qui ne peut tarder, la chute de l'Autriche, qui a commencé par des amputations et qui paraît être aussi inévitable, à moins qu'elle ne se partage volontairement pour former, si c'est possible, un quadruple empire fédératif.

Nous espérons que, si M. de Girardin daigne envisager la question d'Orient au point de vue que nous avons indiqué dans cet article, et s'il veut vraiment que l'Europe rentre enfin dans la voie du désarmement, il arrivera aux mêmes conclusions, c'est-à-dire qu'il reconnaîtra l'impossibilité de subordonner plus longtemps un principe supérieur à un principe inférieur, et qu'il apportera le concours de son grand talent à la vraie solution de la question d'Orient.

V. PATHFINDER.

XI

La Russie et l'Angleterre.

Le tzar a enfin compris qu'il ne lui est plus possible de résister aux désirs de son peuple, et, bravant les intrigues du

----

(1) Par le mot *royaume*, l'auteur n'entendait pas la forme du gouvernement, mais simplement un Etat constitué, fédération ou autre.

parti allemand, il a hautement déclaré qu'il prenait en main la cause des peuples slaves des Balkans, afin de les délivrer du joug musulmam, au risque d'être seul à marcher vers ce but. Nous n'avons qu'à applaudir à cette ferme résolution, et cela pour les raisons suivantes :

La vigoureuse attitude de la Russie pourra amener la paix au lieu d'une guerre, mettre un terme aux atrocités que commettent les Turcs, et, en admettant même que la guerre entre la Russie et la Turquie éclate, ce ne sera plus du sang répandu inutilement, comme cela a eu lieu jusqu'à présent, par suite de la politique d'hésitation.

Les esprits les plus disposés à soupçonner la Russie, dans ses tendances à des conquêtes, ne sauraient en ce moment l'accuser à ce sujet.

Le gouvernement russe, en toute sincérité, ne voulait pas la guerre. Pendant plus d'un an, il a fait son possible pour l'éviter, et pour étouffer le mouvement qui s'est manifesté chez le peuple en faveur des Slaves opprimés par la Turquie. Mais enfin, en présence de l'extension et du caractère très significatif de ce mouvement, il a dû céder, et le tzar ne pouvait pas prononcer d'autres paroles que celles qu'il a dites.

Ce n'est pas la guerre qu'il a annoncée, mais sa ferme résolution d'émanciper les peuples slaves au nom de l'humanité et pour satisfaire la volonté de son peuple.

Ainsi, si la guerre éclate, sur qui en pèsera la responsabilité ? C'est l'Angleterre qui tient maintenant en main la paix ou la guerre.

Si le gouvernement anglais continue à parler de l'*intégrité de l'empire ottoman* ; s'il veut empêcher l'*entière délivrance des chrétiens* du joug musulman ; s'il se croit assez fort pour continuer *à subordonner par force un principe supérieur à un principe inférieur*, la guerre éclatera et l'Angleterre jouera gros jeu.

Le peuple russe a rarement pris part à la politique de son pays ; mais toutes les fois que cela lui est arrivé, si rare que cela ait été, il a toujours réussi à atteindre son but.

Que les hommes d'Etat de l'Angleterre fassent connaissance avec l'histoire de ce peuple et ils ne manqueront pas de reconnaître l'exactitude de ce que nous avançons.

Il est bien difficile de vaincre un peuple comptant 80 millions d'âmes d'une même race, parlant la même langue, tous coréligionnaires, peuple tenace, se contentant de peu quant à ses besoins matériels, ne tenant pas grand compte du comfort de la vie, sincèrement enthousiaste dans les moments suprêmes, et plein de foi dans le bien et dans son avenir.

Les échecs mêmes tournent à son profit. Peuple jeune, ces échecs, au lieu de l'accabler, excitent son énergie.

A quoi a abouti la tentative de Napoléon Ier coalisé avec toute l'Europe ? — A élever considérablement l'influence morale de la Russie en Europe.

A quoi a abouti la tentative de Napoléon III uni à l'Angleterre? — A élever la Russie, sous le rapport matériel et moral, dans des proportions immenses. Sans la dernière guerre, la Russie ne serait peut-être pas encore parvenue à réaliser l'émancipation des serfs, les réformes radicales dans toutes les branches de la vie sociale, et un grand réseau de chemins de fer. Actuellement, la Russie est dix fois plus forte qu'elle ne l'a jamais été.

Que les hommes d'Etat réfléchissent bien avant de s'engager dans une lutte ; qu'ils prennent aussi en considération qu'aujourd'hui ils n'ont pas affaire seulement au gouvernement, comme ils se sont habitués à le croire, mais à tout le peuple russe. Un abîme profond sépare la Russie d'aujourd'hui de la Russie d'il y a vingt ans, tandis que les hommes du gouvernement actuel de l'Angleterre sont encore des hommes du moyen âge.

Il faut que ces hommes d'Etat se persuadent que pour satisfaire les peuples slaves des Balkans et le peuple russe, il n'y a pas autre chose à faire que d'engager le sultan à transporter son trône d'Europe en Asie.

Cette issue est inévitable, car, sans qu'ils se soient donné le mot d'ordre, la même résolution est prise à ce sujet par tous les Russes.

Que le gouvernement anglais pèse bien laquelle de ces deux choses vaudrait le mieux : arriver à l'issue inévitable par la voie de la Conférence, ou bien par la voie de la guerre ; et qu'ils considèrent surtout que la guerre qui, tout en nécessitant une perte énorme de sang humain et de richesses nationales, ne pourrait rien changer au résultat définitif.

Si l'on se réunissait en Conférence, avec la résolution arrêtée d'émanciper les chrétiens de l'Europe et de reconduire le sultan en Asie avec toute la pompe due à un souverain, chaque puissance pourrait avoir la certitude de s'assurer les garanties nécessaires à ses intérêts réciproques. Tandis qu'avec une guerre, qui peut savoir où l'on arrivera ?

Qui peut savoir, par exemple, si la Russie, entraînée à s'emparer de Constantinople, serait disposée à l'abandonner après les sacrifices énormes que la guerre lui aurait occasionnés ? Cela dépendrait entièrement de circonstances qu'on ne peut prévoir.

Ainsi donc, la guerre présente une éventualité bien dangereuse pour l'Angleterre.

Nous ne voulons pas dire par là que la Russie ait l'intention de prendre possession de Constantinople, mais la politique antihumanitaire et peu habile du gouvernement anglais pourrait amener ce résultat.

Admettons que la guerre éclate, l'Angleterre a-t-elle beaucoup de chances d'être victorieuse ?

Quels seront ses alliés ? l'Autriche seule ; car il est patent maintenant que l'Allemagne a donné enfin à la Russie des garanties suffisantes de sa neutralité ; autrement, le langage du tzar n'eût pas été aussi décisif.

Croit-on que l'armée autrichienne, composée par moitié de slaves, quelques régiments anglais et les bachi-bouzouks de Turquie soient assez forts pour repousser l'armée russe, soutenue par tous les peuples slaves des Balkans ? Nous nous permettons d'en douter.

Pourquoi donc verser le sang inutilement.

Nous connaissons bien l'arrière-pensée qui, malheureusement, domine encore l'esprit de certains hommes de l'Occident; c'est la vieille politique contre le panslavisme. Mais n'est-il pas ridicule de songer à arrêter le développement d'une race plus nombreuse en Europe qu'aucune autre, dont la population augmente, de jour en jour, favorisée par l'étendue immense du territoire qu'elle occupe et qui lui permettrait de se décupler sans être gênée, comme l'est actuellement l'Angleterre.

Cette race n'est-elle pas pleine de vie et d'avenir ? N'est-elle pas amie de la civilisation ? Sont-ce des barbares que l'Europe a à craindre ?

Enfin est-il sérieux de songer à arrêter le développement d'une race de plus de 100 millions d'âmes, par la conservation, pendant un petit nombre d'années, du trône du sultan à Constantinople ?

N'est-il pas plus pratique et plus digne de songer plutôt à l'effacement de toutes les animosités qui peuvent exister entre les grands peuples ?

Vraiment, quand on songe aux égarements dans lesquels tombent souvent les hommes d'Etat, il y a de quoi être saisi d'épouvante. Que de malheurs ne causent pas ces égarements !

Elevez donc votre point de vue, hommes d'Etat ! Epargnez-vous du moins le ridicule que vous réserve l'histoire.

V. Pathfinder.

OBJECTIONS DE M. LOUIS BLANC.

Nous ne comprenons pas bien ce que M. Pathfinder entend par « ce développement de la race slave » qu'il est, dit-il, ridicule de vouloir arrêter. Si c'est à la théorie du Panslavisme que ces mots se rapportent, notre opinion diffère entièrement de celle de notre correspondant. Nous ne sommes pas plus pour le Panslavisme que pour le Pangermanisme.

Nous ne saurions appeler de nos vœux la formation de ces empires immenses où il n'y a pas de place pour la liberté, et nous savons trop combien l'exaltation du sentiment national favorise le despotisme.

Nous ne saurions oublier, quand on parle du développement de la race slave, à quel régime autocratique est soumise la nation par qui cette race est représentée avec le plus d'éclat dans le monde, et nous cherchons en vain ce que les peuples qui brûlent de s'appartenir gagneraient à une extension colossale du système de gouvernement que le tzar personnifie.

Quant à la guerre dont nous sommes menacés, si nous la redoutons autant que notre correspondant la redoute, c'est précisément parce qu'il est difficile d'en prévoir les suites, et qu'elle pourrait avoir un autre résultat que celui de rendre à elles-mêmes les populations opprimées, seul résultat que nous désirions et que doivent désirer les amis de la liberté. Car nous l'avons déjà dit et nous le répétons : Nous ne voulons à Constantinople d'aucun despotisme : ni de celui du sultan ni de celui du tzar.

XII

A la rédaction.

Les objections faites par la rédaction à notre lettre intitulée : « *La Russie et l'Angleterre* » nous obligent à donner quelques éclaircissements.

En premier lieu, l'objection fait mention de la théorie du panslavisme.

Si cette théorie existait réellement, elle devrait appartenir au parti qui porte le nom de *slavophile*. Cependant, ayant connu intimement nombre de personnes dites *slavophiles*, et les plus importantes de ce parti, nous n'avons jamais eu connaissance d'aucune théorie du panslavisme. Cette théorie est un fruit de l'imagination de certains hommes de l'Occident, et c'est précisément à cela que nous avons fait allusion dans notre lettre. Mais ce qui existe, c'est le désir sincère de voir tous les peuples slaves délivrés du joug étranger et rendus libres de disposer de leurs destinées.

Or, nous sommes persuadé que l'arrière-pensée des hommes d'Etat de l'Europe occidentale est d'empêcher les peuples slaves d'agir librement. Preuve : La persistance de la part des nations occidentales à soutenir forcément la Turquie et l'Autriche qui, sans une aide du dehors, seraient depuis bien longtemps tombées. Dans l'extrait de notre brochure, que nous avons placé dans notre avant-dernière lettre, intitulée : *La vraie honte de l'Europe*, nous avons expliqué les motifs de cette persistance, qui, selon nous, pourra conduire à des résultats que l'Europe a le désir d'éviter.

L'esprit hostile à la cause slave est tellement fort chez les hommes d'Etat de l'Occident, qu'ils préfèrent plutôt trahir ouvertement les principes d'humanité et de liberté que de donner aux peuples slaves la possibilité de disposer de leur sort. Comment expliquer autrement la conduite du gouvernement anglais ? Mais, grâce à Dieu, outre le gouvernement, il existe le peuple anglais qui a considéré la question à un point de vue différent.

La rédaction de l'*Homme libre* dit :

« Nous ne saurions appeler de nos vœux la formation de ces

empires immenses où il n'y a pas de place pour la liberté, et nous savons trop combien l'exaltation du sentiment national favorise le despotisme. »

Cette objection touche à ce problème d'organisation politique : Vaut-il mieux de petits ou de grands Etats ?

Certainement, à ce sujet, on peut différer d'opinion et ce n'est pas dans une réplique que l'on peut approfondir cette grave question. Quant à nous, nous inclinons positivement vers le principe des grands Etats, par la raison que ce principe amène la diminution du nombre des gouvernements, des armées, des barrières artificielles, des motifs de conflits, et, en somme, allège les contribuables. En outre, nous considérons comme une erreur de croire que ces avantages s'achètent au prix de la liberté et que le sentiment national favorise le despotisme.

L'esprit de liberté tient à autre chose qu'à la dimension d'un Etat ; et, si l'étendue du territoire y joue un rôle quelconque, ce rôle serait précisément dans un sens contraire à celui qu'a exprimé la rédaction. C'est-à-dire, plus l'Etat est grand, moins il y a possibilité de réglementer et de contrôler la vie et la liberté humaines. Nous nous dispensons, pour le moment, d'établir des parallèles.

Quant au sentiment national, nous avons considéré toujours qu'il a, pour unique source, l'esprit de liberté. Au nom de quoi l'Italie s'est-elle unie, si ce n'est au nom du sentiment national ? Ses membres, éparpillés autrefois et souffrant du despotisme, s'en plaignent-ils aujourd'hui ?

Nous ne voyons d'autres motifs au groupement des peuples en Etats que la similitude de race, de langue ou de religion. Par conséquent, notre point de vue n'est pas arbitraire. D'ailleurs, la logique des choses, qui est la vérité, est plus forte que les efforts des hommes quand ils ne se laissent pas guider par elle.

Ainsi, malgré les grands efforts déployés par les hommes d'Etat de l'ancienne politique pour sillonner la terre par des bornes imaginaires et pour établir de nombreuses barrières artificielles, la science a déjoué leurs combinaisons, et les chemins de fer et les télégraphes ont renversé tous leurs barrages et ont accompli une révolution, non-seulement économique, mais aussi une révolution sociale et politique.

Rien, absolument rien, ne saurait arrêter la logique des choses. Eh bien ! cette logique conduit le monde au groupement des peuples en grands Etats fédératifs ou autres. Les faits confirment ce point de vue.

V. Pathfinder.

OBJECTIONS DE M. LOUIS BLANC.

Nous craignons que notre correspondant ne nous ait pas bien compris. Nous n'avons pas voulu établir un parallèle entre les grands Etats et les petits Etats. Ce que nous avons voulu dire et ce que nous pensons avoir dit clairement, c'est que le désir immodéré de s'agrandir est le plus funeste sentiment que puisse nourrir un peuple amoureux de sa liberté, et que l'exaltation de l'orgueil national est, de tous les piéges tendus à une nation par un despote, le plus dangereux.

La gloire militaire ne fait pas seulement diversion aux luttes fécondes de la liberté ; elles les rend impossibles, aussi longtemps que dure son éclat trompeur. « Le monde est à nos pieds, » a pu, un instant, dire la France, sous Napoléon Ier; et c'est pour cela qu'elle-même a été si longtemps aux pieds de cet homme néfaste !

Pour ce qui est du panslavisme, si nous nous trompons en croyant à l'existence d'un parti panslaviste, il faut avouer que nous nous trompons en bien nombreuse compagnie. Hier encore, nous lisions dans le *Journal des Débats :* « Les rêves du panslavisme, dont on se moquait il y a quinze ans, sont redevenus à la mode, en se revêtant d'une teinte de mysticisme religieux. On a remis à l'ordre du jour la « mission historique » de la Russie, qui est de créer « l'unité slave. » Et notre correspondant ne serait-il pas lui-même plus enclin au panslavisme qu'il ne s'imagine l'être, lorsqu'il écrit : « Nous ne voyons d'autres motifs au groupement des peuples en Etats que la similitude de race, de langue et de religion. » C'est précisément ce que disent les Allemands pangermanistes.

Pour nous, il est au groupement des peuples un autre motif que ceux qui sont signalés par notre correspondant : la volonté des peuples consultée. Quand Strasbourg était assiégé, c'était en allemand que le peuple criait : Vive la France !

La dernière objection de M. Louis Blanc entraînait forcément une réponse de ma part ; je l'ai faite en forme d'article, sous le titre : *Objections aux objections.*

M. Louis Blanc non seulement a refusé l'insertion de mon article, mais, à ce propos, m'a accueilli d'une façon tellement autoritaire que, de ma vie, je n'avais jamais rien vu de semblable, et, en fin de compte, il m'envoya, deux jours après, un projet d'article écrit par lui pour remplacer le mien et une critique de ce même article écrite également par lui.

Je publie ici mon article ainsi que celui que M. Louis Blanc a fait pour mon compte. Si je m'abstiens de publier la critique, c'est que je ne crois pas en avoir le droit.

XIII

ARTICLE NON PUBLIÉ PAR M. LOUIS BLANC

—

OBJECTIONS AUX OBJECTIONS.

Puisque la rédaction ne se contente pas des éclaircissements que nous lui avons donnés et continue dans sa nouvelle réplique à nous attribuer des idées que nous ne partageons pas et que nous n'avons jamais exprimées, nous sommes forcé d'entrer malgré nous en discussion tant que la question ne sera pas vidée.

La rédaction se trompe si elle croit que nous n'avons pas compris le sens de ses objections.

Ce que nous n'avons pas compris, ce sont les motifs qui ont pu l'amener à les faire ; notre lettre ne contenant aucune des idées auxquelles la rédaction fait allusion dans ses deux répliques.

Nous n'en sommes d'ailleurs nullement fâché et nous espérons que la rédaction ne le sera pas davantage si une discussion sérieuse s'engage à ce propos.

Seulement, malgré la tendance, certainement involontaire de la part de la rédaction, à placer la question sur
le terrain des idées personnelles, nous tâcherons de
maintenir la discussion sur celui des principes. Que la
rédaction compare attentivement nos lettres antérieures
à ses répliques et elle ne manquera pas de reconnaître
que nous ne nous sommes jamais écarté de la voie des
principes. Si nous nous laissions entraîner à des récri-
minations au sujet de certains penchants personnels,
comme l'a fait la rédaction, cela pourrait dénaturer le
débat. Ainsi, pour répondre à l'avis émis par la rédaction, que nos raisonnements dénoncent une inclinaison
vers le *panslavisme*, nous pourrions dire que nous
avons la conviction de pouvoir démontrer à notre tour
que la rédaction se trouve, sans s'en apercevoir, bien
plus sous la domination des principes qu'a engendrés
dans les doctrinaires politiques de l'Occident le catholicisme, que nous ne sommes sous celle qu'engendre le
panslavisme. Mais nous préférons laisser ces récrimi-
nations de côté et traiter les principes seuls en ne con-
sultant que la logique, la science, l'histoire et les faits.

La rédaction ayant touché dans ses répliques à tant
de questions graves, il serait impossible de les traiter
toutes en une seule lettre ; c'est pourquoi nous lui
demandons la permission de remettre à la prochaine
fois la question du panslavisme, la première qu'elle a
abordée, et de ne répondre aujourd'hui qu'aux autres
questions aussi brièvement que possible.

En citant textuellement dans notre dernière réponse
une des objections faites par la rédaction, nous avons
dit qu'*elle touche à un grave problème de l'organisation politique : vaut-il mieux de petits ou de grands
Etats ?*

Est-il vrai, oui ou non, que l'objection citée faisait
allusion à cette question ? Comment l'aurait-on pu
comprendre autrement ?

De notre part, sans entrer dans le développement

que comporte cette question, nous avons nettement déclaré notre opinion en en résumant les motifs. Pour éclairer la discussion, il serait désirable que la rédaction fasse la même chose. Qu'elle se prononce ouvertement : Est-elle pour le principe de grands Etats ? Si oui, elle serait alors en contradiction avec son objection.

Si, au contraire, elle est pour le principe de petits Etats, elle serait en contradiction avec ce que nous croyons être la vérité, avec les tendances des peuples et avec plusieurs faits qui se sont accomplis dernièrement. En dehors de l'Italie et de l'Allemagne, que la rédaction se rappelle les efforts qu'ont déployés les Etats du Nord de l'Amérique pour sauvegarder l'Union et répondre ainsi à un des besoins de l'époque.

En outre, si la rédaction était pour le principe de petits Etats, elle serait aussi en contradiction avec le principe social ; car plus la surface du monde sera divisée en petits Etats, moins il y a de chances pour la solution d'importantes questions sociales.

De notre côté, nous ne voyons aucun danger politique ou social, ni dans le panslavisme, ni dans le pangermanisme, ni dans le panitaléanisme, ni dans le panlatinisme, si la force des choses engendre un jour ce dernier.

La rédaction n'approuve pas non plus les motifs que nous avons indiqués pour le groupement des peuples et en fait connaître un autre qu'il trouve meilleur, c'est : *la volonté des peuples consultée.*

D'abord, les motifs que nous avons indiqués, ne sont pas le produit de notre imagination, ils sont tirés par nous de la nature des choses qu'approuvent plusieurs siècles de la vie sociale de l'humanité.

Ensuite, de quel passage de notre lettre la rédaction a-t-elle pu conclure que nous étions contre *la volonté des peuples ;* ce sont précisément les motifs que nous avons indiqués qui déterminent *la volonté des peuples* à un certain groupement. Décidément nous n'avons pas compris l'objection faite à ce sujet par la rédaction. Voulait-elle par hasard faire allusion au mode réglementaire de consultation ? Veut-elle absolument que tous les peuples suivent à cet égard le mode des bulletins et les règlements établis à ce sujet en France ou ailleurs ? Alors nous tombons dans la question de la pratique qui serait certainement bien intéressante à traiter ; ce que nous ne refusons nullement de faire un jour. Quant à la question de la *gloire militaire,* dont fait mention la rédaction, nous ne pouvons considérer cette observation comme faite à notre adresse, car rien dans nos lettres n'a pu donner lieu à croire que nous y ayons fait la moindre allusion. Par conséquent, nous ne trouvons pas nécessaire de répondre à cette partie de l'objection ; mais nous ne pouvons guère nous empêcher de remarquer, à ce propos, que la rédaction nous semble confondre l'esprit de nationalité avec l'esprit d'ambition et de chauvinisme.

V. Pathfinder.

XIV

Projet d'article fait par M. Louis Blanc *pour mon compte à la place de celui qui précède et qu'il a refusé de publier.*

La façon dont la rédaction de l'*Homme libre* a combattu l'opinion exprimée dans notre dernière lettre, nécessite, de notre part, quelques éclaircissements.

Nous avions dit que l'*Homme libre*, en nous répondant, avait touché à ce grand problème de l'organisation politique : lesquels valent mieux des grands ou des petits États ?

Nous avons dit ce que nous pensions à cet égard. Si l'opinion de l'*Homme libre,* sur ce point, n'est pas conforme à la nôtre, si sa préférence est pour les petits États, nous estimons qu'il se trompe : il a contre lui les tendances des peuples, témoin les efforts récemment tentés par l'Italie, par l'Allemagne, et ceux qu'ont faits les États du Nord pour sauvegarder l'Union et répondre ainsi à un des besoins de l'époque.

Ajoutez à cela que plus le monde est morcelé, moins il y a de chances pour la solution d'importantes questions sociales.

Pour nous, nous ne voyons aucun danger social ni dans le panslavisme, ni dans le pangermanisme, ni dans le panitalianisme, ni dans le panlatinisme, si ce dernier devait être engendré par la force des choses.

Aux motifs par nous indiqués comme pouvant amener le groupement des peuples, motifs qui ne sont pas le produit de notre imagination mais que nous avons tirés de la nature même des choses, l'*Homme libre* en ajoute un autre : la volonté des peuples. Mais de quel passage de notre lettre l'*Homme libre* a-t-il pu conclure que nous étions contre la volonté des peuples ? Ce sont précisément les motifs que nous avons mentionnés qui déterminent la volonté des peuples à tel ou tel groupement.

Quant aux remarques de l'*Homme libre* sur les effets de la gloire militaire, elles ne sauraient être à notre adresse, puisque nous n'avons fait allusion à ce sujet dans aucune de nos lettres, et tout ce que nous en dirons, ici, c'est que la rédaction de l'*Homme libre* nous semble confondre l'esprit de nationalité avec l'esprit d'ambition et de chauvinisme.

V. PATHFINDER.

Tout naturellement, à la suite de cet incident qui portait atteinte à mes droits et à ma dignité d'homme et de publiciste, il m'a fallu rompre avec la direction du journal, et, quelques jours après, j'adressais à M. le président du Conseil la lettre suivante :

XV

Paris, 3, rue Balzac. — 27 novembre 1876.

A Monsieur Talandier, Président du Conseil de Surveillance du journal l'HOMME LIBRE.

MONSIEUR,

Prenant en considération que la majorité des membres du Conseil de surveillance néglige, en général, son devoir de contrôler efficacement la marche des affaires du journal, qu'elle ne s'est même pas assurée du versement total d'un tiers du capital souscrit pour les actions, conformément aux Statuts qui exigent de faire ce versement argent comptant dans une des banques avec des pièces à l'appui; prenant aussi en considération qu'à la séance d'aujourd'hui ma demande légitime, adressée à M. le Gérant, de nous présenter enfin les différents documents absolument nécessaires pour exercer un contrôle véritable, n'a non seulement été soutenue par la majorité, mais que vous aussi, Président du Conseil, m'avez abandonné, et ne pouvant m'expliquer cette direction prise par le Conseil, — je trouve que je n'ai plus rien à y faire, et par conséquent je donne ma démission. — En outre, je suis obligé, bien qu'avec un grand regret, de vous faire savoir que ma lettre précédemment adressée à vous, comme au Président du Conseil, reprend sa force par la raison que M. Louis Blanc, malgré les engagements pris par lui envers moi et qu'il a affirmé par écrit à propos de ma lettre en question, refuse aujourd'hui de remplir lesdits engagements.

Agréez, etc.

V. PANAIEFF.

M. Talandier m'a répondu par la lettre suivante :

XVI

Paris, 47, rue d'Enfer. — 28 novembre 1876.

Mon cher Monsieur de Panaïeff,

Je ne puis que communiquer votre lettre au conseil de surveillance du journal l'*Homme libre* dès sa prochaine réunion et l'inviter à convoquer une réunion générale des actionnaires. Quant à votre démission elle-même, je n'ai point qualité pour l'accepter ou la refuser.

J'ai le plus vif regret de voir qu'il nous est impossible de nous entendre sur la question politique et religieuse, auprès de laquelle la question d'argent est secondaire. Cela me cause, à moi, un vrai chagrin et je regrette beaucoup d'avoir contribué à nouer entre vous et Louis Blanc les relations qui ont abouti à l'association d'où vous voulez vous retirer aujourd'hui.

Toutefois, je vous prie, mon cher Monsieur de Panaïeff, de considérer que c'est chez Herzen et sous ses auspices que nous nous sommes connus et que c'est parce que j'avais confiance qu'il existait entre nous une certaine communauté d'idées, sinon identiques à celles d'Herzen, du moins s'en rapprochant beaucoup, que j'ai cru à la possibilité de faire ensemble un journal.

Il n'y a donc pas seulement de ma faute et pas du tout de celle de Louis Blanc dans ce qui se passe aujourd'hui. J'espère en conséquence que vous ne m'en voudrez pas et suis, en dépit des dissentiments actuels,

Votre affectionné,

A. TALANDIER.

J'ai répondu à M. Talandier par la lettre qui suit :

XVII

1er *Décembre* 1876.

A Monsieur Talandier,

MONSIEUR,

Décidément je n'ai pas compris le but de votre lettre.

Est-ce pour me faire savoir que vous avez l'intention de traîner l'affaire en longueur ? Est-ce pour masquer sa vraie signification ? Je n'en sais rien. Je m'étonne beaucoup que vous me parliez de l'assemblée générale. Est-ce que tout cela, et vous le savez mieux qu'aucune autre personne, n'est pas une pure comédie, une décoration de théâtre, pour faire semblant comme s'il y avait en réalité des véritables actionnaires ?

Je ne m'attendais nullement à ce que vous me tiendriez jamais un langage sérieux à propos de cette parade. Vous me parlez ensuite de l'impossibilité de nous entendre sur les questions politiques et religieuses.

Vous ai-je jamais caché mes opinions ? N'avez-vous pas eu connaissance de mes brochures qui résument toutes les questions que j'avais l'intention de traiter ?

La différence d'opinion ne date que de l'époque postérieure à la signature des Statuts et du versement de l'argent par moi. Vous savez bien ce que j'ai voulu faire : c'était de fonder un journal où j'aurais pu parler librement, et non un journal pour votre parti et pour les coureurs de boulevards. Ce n'est donc pas moi qui vous ai caché quoi que ce soit.

Quel est donc le mot qu'on peut attribuer à l'acte commis envers moi ? Comme étranger j'en suis embarrassé et ne le trouve pas dans mon dictionnaire. Vous prenez aujourd'hui la défense de M. Louis Blanc, cependant vous me disiez maintes fois que M. Louis Blanc pourrait nous causer mille embarras, mais que vous espériez qu'au bout de peu de temps son nom ne figurerait plus que comme une décoration nécessaire. Tout récemment encore vous reconnaissiez que la conduite de M. Louis Blanc envers moi était tout à fait indigne, et que non-seulement moi, mais tous les autres, ont été mécontents de sa manière de diriger le journal. Rappelez-vous aussi un certain proverbe que vous lui avez si justement appliqué !

D'où vient donc ce changement subit de vos points de vue ? Sous certain rapport, on pourrait comprendre que le désir de constituer un journal vous ait conduit, vous et M. Louis Blanc, à ne pas faire à temps d'opposition à mes opinions et que M. Louis Blanc ait gardé la réserve au sujet de ses intentions intimes concernant le caractère qu'il donnerait au journal ; car aussitôt que tout a été terminé, M. Louis Blanc a subitement changé d'allures et, dans toutes ses attitudes, on pouvait voir clairement qu'il considérait le journal comme sa propriété ; comme si, moi, je ne demandais qu'à verser de l'argent pour un journal dans l'intérêt de M. Louis Blanc et pas autre chose.

Quel que soit votre mobile, aujourd'hui, pour vous débarrasser de moi, tout en croyant garder les convenances, vous m'annoncez qu'il existe entre nous une divergence d'opinions sur les questions politiques et religieuses. Eh bien, j'en prends acte.

Oui ! cette divergence existe, mais savez-vous où elle gît ? Je m'en vais vous le dire. C'est que mes opinions sur ces questions sont toutes formées, tandis que ni le directeur, ni les rédacteurs n'en ont aucune. En politique, au-delà du mot « *République* », ils ne connaissent rien. Pas un d'eux n'a rien approfondi et par conséquent n'a pu se former aucune opinion ni sur l'organisation d'Etats, ni sur l'organisation de gouvernements, ni sur celle d'administrations, etc., en un mot ils ignorent tout, excepté le mot *République*. Quant à la question que vous appelez religieuse, j'ai la ferme

conviction que pour la traiter il faut avoir la foi, ou bien
faire des études sérieuses des vraies sciences, les mathématiques en première ligne, puis toutes les sciences
naturelles, telles que : l'astronomie, la physique, la
chimie, la physiologie, la mécanique, etc., en portant
surtout une grande attention à la philosophie de chacune de ces branches. Ce n'est qu'alors qu'on peut se
permettre de traiter la question philosophique ; sans
cela, à l'époque actuelle, je vous l'avoue, le bavardage
auquel on se livre à ce sujet n'est qu'un enfantillage qui
touche au ridicule. Croyez-moi, aujourd'hui, pour ceux
qui ont fait des études vraiment sérieuses , *Héguel* et
même *Kant* ne paraissent que des raisonneurs vides de
sens, parce qu'ils ont eu la prétention de traiter la
question philosophique sans connaître toutes les sciences
naturelles et sans posséder, par conséquent, le pouvoir
de les coordonner par un principe unique et général.
C'est pourquoi, tout en étant déistes et voulant sincèrement porter appui à cette thèse, ils l'ont plutôt affaiblie
en dévoilant à ce sujet leur inconsistance. Mais cette
question pourrait m'entraîner trop loin, je passe à la
nôtre ; du ciel je descends sur la terre.

Dans votre lettre vous évitez de me donner aucune
réponse déterminée et vous vous rapportez au conseil et
à l'assemblée générale.

Ne voyez-vous pas tous les jours les membres du
conseil, M. Louis Blanc et notre honorable gérant ?
N'est-ce pas à ces personnes qu'il revient de prendre
une résolution en commun avec vous ? L'assemblée
générale n'est qu'un prétexte pour traîner l'affaire en
longueur et ne peut par conséquent être dans le cas
présent qu'une pure formalité. Si vous aviez voulu dès
le commencement tenir un langage digne de vous et
avec l'autorité qui vous incombe — car ce n'est ni
M. Louis Blanc, ni Gardarin, ni Hamel, mais bien
vous et moi qui avons fondé le journal, — les choses
n'en seraient pas là où elles en sont. Et aujourd'hui

même, c'est encore vous qui pouvez conduire la question le plus rapidement possible à son dénouement par votre droit légal comme président et votre droit moral comme fondateur du journal, car sans votre participation je n'aurais jamais donné un sou.

Mais puisque vous évitez d'agir comme les circonstances l'exigent, je suis obligé de vous faire savoir que si, au bout de trois jours, le journal ne me restitue pas intégralement mon argent, ou bien si je ne reçois pas des garanties certaines de sa restitution à une courte échéance, j'agirai — comme j'ai déjà eu l'honneur de vous l'annoncer, — dans le sens auquel m'obligent mon honneur et ma dignité.

V. PANAIEFF.

M. Talandier m'a répondu par la lettre ci-dessous :

XVIII

Paris, 47, rue d'Enfer, 2 décembre 1876.

Monsieur de Panaïeff,

J'aurais voulu vous répondre hier ; mais j'ai passé toute la matinée à examiner en détail, avec MM. Bourneville, Hamel et Salles, les comptes que M. Gardarin devait nous soumettre, comme cela avait été convenu antérieurement, et qu'il nous a soumis. Permettez-moi de vous dire qu'un versement de fonds fait chez le notaire est tout aussi bien un versement que celui qui est fait à une banque, et que non-seulement les fonds ont été versés, mais en grande partie dépensés, comme cela résulte des quittances de paiement, timbrées et acquittées, qui nous ont été soumises par M. Gardarin.

Le premier mois d'un journal est toujours très-coûteux, et il n'y a rien d'étonnant à cela. Nous avons trouvé que les dépenses d'administration étaient un peu fortes et nous avons demandé des réductions, qui se feront. Nous avons aussi décidé qu'un nouvel appel de fonds serait fait. Il vous sera adressé comme aux autres actionnaires. Vous ferez ce que vous jugerez convenable. Du reste, une réunion générale des actionnaires aura lieu prochainement. Cette réunion décidera de ce qui devra être fait. J'ai l'intention depuis plusieurs semaines de donner ma démission de membre du Conseil de surveillance ; mais c'est à l'assemblée générale que je la donnerai ; mes collègues du conseil de surveillance n'ont pas plus qualité pour recevoir ma démission que je n'ai qualité pour recevoir la vôtre.

Je dois ajouter un autre détail, c'est que les dépenses de rédaction sont restées de plusieurs mille francs au-dessous du chiffre de 15,000 accordé à M. Louis Blanc pour cet objet. Malheureusement le succès matériel du journal n'a pas jusqu'ici répondu à nos espérances. Cela n'a rien d'étonnant, vu le nombre de journaux républicains qui se sont fondés en même temps. Plusieurs devront disparaître. Il est à craindre que le dissentiment qui existe aujourd'hui entre vous et nous ne porte à l'*Homme libre* un coup mortel. Il n'a pas dépendu de moi qu'il en fût autrement. J'ai fait, vous le savez, tout mon possible pour que satisfaction vous fût donnée, et je croyais avoir complètement réussi, puisque vous vous étiez tout récemment déclaré satisfait des engagements pris envers vous par Louis Blanc. De nouveaux dissentiments s'étant élevés, bien que, selon moi, Louis Blanc ait tenu ce qu'il vous avait promis, il vous plaît de me rendre responsable de tout cela, comme si j'y pouvais quelque chose et comme si je pouvais faire que vous soyez directeur du journal, lorsque vous, aussi bien que nous tous, avez donné cette direction à Louis Blanc. Cela est absolument injuste au fond, et dans la forme plus qu'injuste, car je n'ai jamais rien fait qui puisse vous donner le droit de me dire que la fondation d'un journal républicain, à laquelle j'ai participé et à laquelle vous aussi avez *très librement* participé, est « une parade. » Si, comme vous l'affirmez, nous ne connaissons que le mot *République*, c'est sans doute que ce mot a pour nous un sens plus vaste que pour vous, un sens qui en fait le symbole et le gage de toute rénovation politique et sociale, y compris la rénovation de la science et de la conscience humaines. En tout cas, vous saviez très-bien que la *République*, pour parler votre langage, est notre *foi*, notre *religion*. Vous prêteriez bien à rire à ceux à qui vous diriez que vous ne le saviez pas ; car qui donc en Europe ne le sait pas ! Il est possible que nous soyons, pour vous, cloisonnés, ankylosés dans la République, et que ce qui est à nos yeux la plus haute vertu soit pour vous une infirmité ; mais alors plaignez-nous et ne vous fâchez pas : surtout ne dites pas que vous l'ignoriez.

Enfin, si c'est pour me donner de plus vifs regrets que ceux que j'ai déjà de vous avoir mis en relations avec Louis Blanc, que vous m'écrivez des choses désagréables et si indignes de vous-même, croyez, M. de Panaïeff, que cela est bien inutile : mes regrets ne peuvent être augmentés.

Toutefois, rappelez-vous que je vous ai toujours dit : Voyez Louis Blanc, et j'ai même ajouté que sur le terrain du *Déisme* vous seriez plus près peut-être de vous entendre avec lui qu'avec moi, qui me crois en beaucoup plus complète communion d'idées, sur ce point et sur bien d'autres, avec Herzen qu'avec vous ou Louis Blanc.

Voilà tout ce que j'ai à dire en réponse à la lettre où vous me faites l'amitié de me dire que nous n'avons ni intelligence, ni instruction, ni opinions. Eh ! pourquoi donc, alors, êtes-vous venu nous chercher ? J'avais conservé le meilleur souvenir de nos anciennes relations, et je suis navré de voir où nous en sommes main-

tenant ; mais ce n'est pas moi qui suis allé vous chercher en Russie et vous prier de venir fonder un journal
républicain en France. Vous n'êtes pas un enfant, sans
doute, et quand vous signez un acte d'association et
donnez à quelqu'un la direction d'une entreprise, vous
savez ce que vous faites. Soyez donc assez juste pour ne
pas vouloir rejeter sur d'autres, et tout particulièrement sur moi, la responsabilité d'actes que nous pouvons tous regretter aujourd'hui, mais dont chacun de
nous a, pour son propre compte, la responsabilité.

Veuillez, Monsieur de Panaïeff, agréer l'expression
de mes regrets et mes salutations empressées.

A. TALANDIER.

Ma réponse à la lettre de M. Talandier a été la
suivante :

XIX

5 décembre 1876.

A Monsieur Talandier,

MONSIEUR,

Je me suis tenu, toute ma vie, à certains principes,
auxquels je n'ai jamais donné de démenti. Quelques-
uns de ces principes sont :

1° En entrant en relations avec les personnes, de les
considérer comme bonnes et honnêtes ;

2° De ne jamais prendre l'initiative d'une attaque et
de ne commencer la lutte qu'après la troisième attaque
portée envers moi. Mais, une fois engagé dans une
lutte, je n'ai encore jamais mis bas les armes, par une
raison bien simple, que je n'entre en lutte que lorsque
la conscience et la vérité sont de mon côté.

Votre avant-dernière lettre a été une troisième attaque envers moi, et par dessus tout une attaque masquée ; ma lettre n'a été qu'une réponse exacte à la vôtre.

Il aurait fallu être bien simple d'esprit pour laisser passer sous silence votre lettre, surtout quand, par un parti-pris, vous avez voulu non-seulement négliger de me donner une réponse dans le sens que comportait ma lettre du 27 novembre, mais encore vous avez négligé votre devoir de président du conseil et eu le courage de porter accusation contre moi.

Puisque, malgré ma lettre, dont le contenu devait vous porter plutôt au recueillement, vous continuez à vous comporter envers moi en accusateur (ce qui s'explique très bien), je veux encore une fois me donner la peine d'analyser votre dernière lettre que je viens de recevoir.

Vous commencez par me donner des leçons de gestion des affaires en voulant m'expliquer que c'est exactement la même chose de verser l'argent chez un notaire ou dans une Banque. Moi je soutiens que, dans le cas donné, ce n'est pas la même chose ; que vous aussi avez été, il y a quelques jours, de mon avis ; que j'avais fortement insisté, lors de la discussion des Statuts, pour qu'un article y figurât absolument à ce sujet, et que, malgré mes demandes réitérées, vous n'avez pas voulu faire exécuter cet article des Statuts. Ce n'est pas à moi que vous pourriez *mettre des lunettes*, en me disant que ce versement est prouvé par *des quittances de payement timbrées et acquittées* et, comme preuve du zèle qu'on a mis pour le versement des fonds, vous dites qu'on a même dépassé le chiffre exigé par les Statuts. Avez-vous réfléchi, qu'en disant cela, vous avez aussi dépassé certaines bornes, dans votre zèle de justifier aujourd'hui l'administration.

Ensuite, au lieu de songer, à propos de mes lettres, à me restituer mon argent, — puisque l'honneur de votre patron devait l'exiger, — vous me faites savoir que vous vous adresserez à moi pour demander un nouveau versement. Ceci je le considère comme une plaisanterie et une... (je me garde de dire le mot) qui dépassent vraiment toutes les bornes.

Plus loin vous dites : « *J'ai fait, vous le savez, tout* » *mon possible, pour que satisfaction vous soit* » *donnée.* » Comment n'avez-vous pas porté attention que ces paroles contiennent votre accusation ? Moi, après avoir fondé le journal, j'avais besoin de solliciter, comme une grâce, la publication de mes articles ; et cela vous paraît naturel ! Ceci est aussi une plaisanterie ; et si, vraiment, les choses en sont arrivées là, à qui la faute ? Je n'hésite pas un instant à dire : à vous, monsieur. De deux choses l'une : ou vous avez tenu Louis Blanc dans l'ignorance à mon sujet, ou bien vous ne lui avez pas tenu le langage que vous auriez dû lui tenir pour le rappeler à ses engagements et à son honneur. Cela était de votre devoir, car c'est vous qui avez voulu nous rallier.

Vous allez encore plus loin, vous dites : « *De nou-* » *veaux dissentiments se sont élevés, bien que, selon* » *moi, Louis Blanc ait tenu ce qu'il vous avait* » *promis.* »

Ainsi, il vous plaît de nier les faits. A la bonne heure, si vous avez le courage de le faire. Sans vous rappeler ce que j'ai eu déjà l'honneur de vous faire connaître, je dois vous dire que quant à ce qui regarde le genre d'exécution par M. Louis Blanc des engagements pris par lui envers moi, j'ai quelques petites données qui sauront les caractériser très bien. Voilà où nous en sommes !

Je cite aussi vos paroles suivantes :

« Comme si je pouvais faire que vous soyez direc- » teur du journal, lorsque vous, aussi bien que nous » tous, avez donné cette direction à *Louis Blanc.* Cela » est absolument injuste au fond, et dans la forme plus » qu'injuste, car je n'ai jamais rien fait qui puisse vous

» donner le droit de me dire que la fondation du jour-
» nal républicain, à laquelle j'ai participé et à laquelle
» vous aussi avez *très librement* participé, est une
» parade. »

A qui et à quoi répondez-vous par ces paroles ? —
Je n'en sais rien. Car mes lettres ne peuvent nullement
provoquer une pareille phrase et surtout une phrase
où il vous plaît de m'accuser plus que d'injustice et
d'avoir qualifié du mot « parade » la fondation d'un
journal républicain.

Vous ai-je jamais accusé de ne m'avoir pas fait
directeur ? Avais-je besoin de votre appui pour être
directeur d'un journal quelconque si je l'avais voulu ?
Je le serai dès que je le voudrai. En outre, ai-je appliqué le mot *parade* à la fondation du journal ? Veuillez
relire ma lettre et vous verrez que vous vous êtes servi
de ce mot rien que pour faire une phrase rhétorique.

Allons plus loin :

Vous dites : « *Vous prêteriez bien à rire à ceux*
» *à qui vous diriez que vous ne le saviez pas ;*
» *car, qui donc en Europe ne le sait pas !* » (Il
s'agit de ce que votre foi, votre religion est la République). Je ne vois pas non plus comment ces paroles
peuvent répondre à quelque passage que ce soit de ma
lettre. Non-seulement je ne l'ignore pas, mais c'est
précisément cela que j'ai dit : « *Au delà du mot République, la rédaction du journal ignore tout.* »

Quant à la question de mon point de vue : — La République pourrait-elle être *la foi et la religion ?* —
C'est une question à laquelle je n'ai pas touché dans ma
lettre. Cependant, si vous voulez connaître mon opinion
à ce sujet, rapportez-vous à mes brochures, surtout à
celle qui est intitulée : *Voix de la Russie.* Moi je suis
d'avis que vous ne pouvez pas vous passer de souverain,
soit dans la personne d'un homme, soit dans la majorité du peuple ou de ses représentants, souverains,
devant lequel vous éprouvez le besoin de vous incliner.

A mon point de vue, je trouve indigne de. l'homme
de flatter ou de s'incliner devant qui que ce soit. Je ne
reconnais que la liberté, la conscience et l'esprit, éléments de la nature, qui seuls ont le droit de régner. Et
ce n'est pas la République, telle que vous la rêvez, qui
saura rétablir la gouverne de ces éléments.

La preuve que le directeur du journal, au-delà du
mot *République*, ignore tout, se trouve dans les qua-
rante numéros du journal qui ont paru. Car, celui qui,
après des dizaines d'années de silence, ne trouve rien à
dire, manifeste par là son ignorance. Lisez aussi, s'il
vous plaît, son discours de Saint-Denis. Y a-t-il autre
chose que des phrases pour provoquer les applaudissements? Pas une idée, pas une solution, pas une réponse
aux questions que soulève le discours même : irritation
sans satisfaction, exactement comme en 1848. En effet,
le peuple français est un peuple malheureux, parce que
ceux qui passent pour les hommes de l'avenir sont vides
et ne sont capables que de phraséologie. Cependant,
quelle belle occasion pour enseigner que de parler
devant une assemblée de 4,000 personnes! En sortant
de cette réunion, qu'apportera-t-on chez soi? Rien,
excepté le souvenir des applaudissements. Si, après
une lecture attentive du discours par les personnes
versées dans les questions de ce genre, on n'y trouve
absolument rien, comment voulez-vous qu'une foule en
reçoive quelque enseignement? Lisez aussi l'article du
n° 41 : « *Les ministres inamovibles.* » Peut-on mettre
dans un journal sérieux de pareils articles qui, au point
de vue des principes qu'ils émettent, ne pourraient être
excusables que pour des enfants? Ainsi, je soutiens mon
opinion : Au-delà du mot République — ignorance.

Quant à la question religiéuse, je ne sais pas pourquoi vous avez pris mes paroles à votre compte; je les
ai jetées à tout le monde. Y a-t-il une centaine d'hommes qui soient aptes de traiter cette question? — J'en
doute.

Vous me connaissez fort peu, si vous avez cru que le stimulant de mes actes a pour motif des regrets. Jamais de ma vie je n'ai regretté aucun de mes actes. Je ne vous demande autre chose que ce qui est de mon droit moral, la restitution de mon argent, par la raison que M. Louis Blanc refuse de remplir envers moi ses engagements. Rappelez-vous que mes griefs datent des premiers numéros du journal et ont déjà été formulés à la dixième journée.

Vous avez parfaitement raison de dire que je ne suis pas enfant et que je savais ce que je faisais. Oserez-vous nier que mon intention était autre que de fonder un organe où j'aurais pu parler librement ? — En suis-je là, et n'en suis-je pas au contraire reculé de beaucoup en ce moment, après les sacrifices énormes moraux et matériels que j'ai faits ? — Décidément votre courage est bien grand de me parler de la façon dont vous le faites.

J'arrive enfin à l'apothéose de votre lettre. Vous dites : « *Et pourquoi donc, alors, êtes-vous venu* » *nous chercher ?* » Plus loin : « *Ce n'est pas moi qui* » *suis allé vous chercher en Russie et vous prier de* » *venir fonder un journal républicain en France !* »

A ces paroles, qui me sont directement adressées et que je me garde de qualifier, je n'ai d'autre réponse à faire que celle-ci : J'ai l'habitude de garder les lettres qu'on m'adresse et, si vous ne retirez pas vos paroles, vos lettres verront le jour ; on verra clairement alors qui de nous deux est allé chercher l'autre pour fonder le journal. Que j'eusse l'intention d'en fonder un et que je vous aie parlé de mon projet, c'est parfaitement vrai, mais que ce soit vous qui m'ayez prié de fonder un journal en commun avec vous et M. Louis Blanc, c'est ce que vos lettres sauront au besoin prouver. Ne vaudrait-il pas mieux, pour vous, ne pas m'entraîner dans cette voie ? C'est à vous d'y réfléchir.

Aussi, dois-je vous prier de ne pas m'attribuer les

points de vue que je ne partage pas. J'avais l'intention de fonder un journal, mais jamais je n'avais songé et ne songerai à enfermer mon esprit dans le cadre que vous voulez lui tracer, en disant : *Journal républicain*. Moi je ne comprends pas le besoin de ce qualificatif que vous ajoutez au mot journal, comme je ne comprendrais pas le besoin d'un qualificatif contraire.

Ma lettre n'est qu'une réponse à la vôtre ; vous pouvez juger d'après son contenu, si la lutte qu'il vous a plu d'engager avec moi pourra tourner à votre avantage.

Non, monsieur, ce n'est pas pour vous donner de plus vifs regrets, ce n'est pas pour vous faire des reproches que je vous ai écrit ma lettre précédente.

Cette lettre a été une réponse ne contenant qu'une vérité, bien dure peut-être, mais néanmoins une vérité. Et, si je me suis décidé à la dire, c'est dans une bonne intention envers vous.

La nature m'a doué d'une faculté très malheureuse pour moi, que cependant je ne voudrais pas perdre, une fois que je la possède, mais que j'aurais mieux aimé ne pas avoir en partage. Cette faculté est de voir toujours le fond de toute chose.

Votre avant-dernière lettre m'a démontré qu'elle ne venait pas de vous, mais de quelque autre personne. La franchise, la sincérité n'y figurent plus. Elle avait un but et un but caché. En un mot, depuis la dernière séance du conseil, il a été assez clair pour moi que vous vous êtes engagé dans une nouvelle voie.

Certes, je comprends votre situation, vous avez eu peur de vous brouiller avec les personnes qui peuvent vous nuire (qualité respectable pour eux) et par conséquent, étant entre deux feux, vous vous êtes décidé plutôt à trahir la vérité, qu'à être désagréable à votre patron et consorts.

N'ayant pas entièrement perdu ma sympathie pour vous, je me permets d'user de franchise.

Je suis persuadé que vous vous êtes engagé dans une mauvaise voie, malgré vous, de peur de vous créer des ennemis parmi vos confrères politiques. C'est-à-dire, la nécessité vous a forcé de manquer à vos points de vue intimes et, par contenance, vous avez cru indispensable de me porter des accusations.

Le but de ma lettre précédente ainsi que de la présente est de vous amener à vous recueillir et, s'il est possible, à vous détourner de la voie dans laquelle vous vous êtes engagé. Car la trahison, à la vérité, aura un jour ou l'autre son expiation.

Croyez-moi, — et j'ai un certain droit à la confiance de votre part dans ma prévoyance : souvenez-vous de mes paroles à propos d'un certain fait, quand je disais : *notre amitié est en danger.* — Avais-je raison ? — Je fus convaincu que sans ce fait, auquel je fais allusion, vous auriez trouvé en vous plus de force pour agir dans le sens de la vérité. — Ainsi, croyez-moi, un jour viendra, et ce jour ne me paraît pas trop éloigné, où vous regretterez infiniment d'être entré dans des calculs au lieu de vous placer du côté de la vérité, qui a été, il me semble, précédemment votre guide.

Il me paraît que la question est vidée et qu'il n'y a plus lieu d'y revenir. Quant à l'annexe de votre lettre, qui porte l'accusation contre une personne, je vous donnerai la réponse aussitôt que j'en aurai le temps.

Pardonnez-moi de terminer ma lettre par un conseil, dérivant de mon amitié.

Si vous voulez jamais être vraiment un homme politique et rendre service à votre pays, ne soyez jamais d'aucun parti politique ; mais soyez toujours du parti de la vérité et de la conscience. Le parti politique empiète sur la conscience, sur la liberté et sur la dignité de l'homme et le perd en définitive.

Veuillez agréer, etc...

V. Panaieff.

En même temps, puisque M. Louis Blanc ne voulait pas revenir sur ses décisions, j'ai dû lui écrire la lettre suivante :

XX

4 décembre 1876. — Paris, 3, rue Balzac.

A Monsieur Louis Blanc,

Monsieur,

Persuadé que vous ne vouliez changer dans mon article que quelques expressions qui vous ont paru par trop explicites, ce qui en général n'est pas de votre goût, j'ai été tout-à-fait surpris lorsque vous m'avez envoyé un projet d'article fait par vous même et que vous m'obligiez de signer comme venant de moi. — Ceci n'est admissible ni au point de vue du principe, ni au point de vue du contenu de cet article projeté par vous.

Comment avez-vous pu croire qu'un homme qui s'estime, qui tient à sa dignité et qui ne voit de salut pour le monde que dans une pleine liberté accordée à chaque homme d'exprimer ses idées, accepterait la situation que vous voulez lui faire par vos actes pénétrés de l'*autocratie* la plus insupportable.

Peut-on imaginer, dans l'époque où nous vivons, une pression morale plus pénible que celle qui non-seulement empêche l'homme de soutenir une discussion, qui par dessus tout n'a pas été provoquée par lui, mais qui de plus le force, dans le courant de cette discussion, de dire ce qu'il ne veut pas.

Oui Monsieur, vous avez voulu me forcer, car vous savez combien de sacrifices j'ai faits pour fonder le journal et pouvoir exprimer mes idées.

En m'envoyant votre projet, vous avez certainement pensé que ces sacrifices me mettraient dans la nécessité

de me soumettre à votre domination morale et que par
conséquent je serais obligé d'accepter votre projet. Autrement, comment pourrais-je m'expliquer cet acte de
votre part ?

Mais vous vous trompez. Malgré les sacrifices énormes, moraux et matériels que j'ai faits, malgré une
perte de temps considérable, malgré les grands préjudices que cela pourrait porter à mes projets et à ma vie
privée et publique, j'aime mieux me retirer du journal
et renoncer à y publier mes articles dans un moment
aussi important et aussi intéressant, que de subir le joug
que vous m'imposez et qui ne s'accorde pas avec la liberté et la dignité de l'homme.

Si votre morale à vous, vous permet de garder mon
argent, gardez-le ; je n'ai pas voulu garantir mes droits
par la voie légale, étant habitué, durant toute ma vie,
à compter sur la conscience et prenant en considération
que c'était à M. Louis Blanc que j'avais affaire.

Ainsi, il m'a été impossible d'accepter votre proposition au point de vue du principe. Voyons si elle a été
acceptable au point de vue de son contenu.

Sans aller bien loin, je ne prendrai que les premières
lignes de l'article que vous m'avez proposé de signer.
Vous me faites dire :

« *La façon dont la rédaction de l'*Homme libre *a*
« *combattu l'opinion exprimée dans notre lettre,*» etc...

Par ces lignes, vous me forcez à reconnaître que j'ai
émis certaines opinions et que c'est seulement contre
la façon dont vous les avez combattues que je proteste.

Votre phrase est diamétralement opposée au contenu
de ma lettre que vous avez refusé de publier. Moi je
proteste contre les opinions que vous avez voulu m'attribuer et que je n'ai jamais exprimées.

Vous me considérez comme une personne par trop
naïve en me proposant de reconnaître pour mienne la
phrase ci-dessus mentionnée. Certes, j'aurai pu vous
paraître tel à cause de la confiance que je mets dans

les hommes : mais cet esprit de confiance ne vient pas
de la naïveté ; — il tient au principe.

Je considère l'homme comme un être doué par la nature plutôt de bien que de mal et je pratique cette considération dans mes relations avec les hommes au risque
d'être trompé par eux. Donc, ce n'est pas de la naïveté,
mais une rigoureuse réalisation du principe en pleine
connaissance de cause. Et malgré les désagréments
que ce principe entraîne parfois avec lui, il me rendait,
en général, la vie plus agréable à moi comme à ceux
qui avaient des relations avec moi. D'ailleurs, ce principe ne constitue pas une particularité à moi : dans
mon pays une grande majorité tient à lui, et tous les
jours on voit des hommes, faisant des affaires colossales
commerciales ou autres et ne voulant chercher dans
leurs relations d'autres garanties que *la parole*.

Passons maintenant à la question soulevée par vous
et non par moi, question de savoir ce qui est préférable :
de petits ou de grands États.

Vous avez touché à cette question dans votre première réplique par une phrase excessivement vague
(qualité propre à votre plume), phrase que j'ai dû citer
et exprimer, à son sujet, mon point de vue avec une
netteté qui n'est pas de votre goût. Dans votre se-
conde réplique, vous vous étonniez que je n'avais pas
compris vos paroles, d'une *clarté exemplaire*, et tout
en voulant les expliquer, vous les avez embrouillées davantage, de manière qu'une chose seulement m'a paru
bien claire, c'est que vos phrases sont combinées de
façon à pouvoir les tourner, selon les circonstances,
dans le sens voulu. Ainsi, d'après vos paroles, vous
pouvez au besoin approuver l'unification de l'Italie,
l'Union américaine et blâmer, s'il le faut, l'unification
de l'Allemagne et l'aspiration des peuples slaves. En
un mot, vos phrases étaient à double poids et à double
mesure.

Néanmoins, par esprit très naturel de convenance,

5

je n'ai pas voulu leur attribuer dans mon article ces qualités là ; mais j'ai seulement exprimé qu'il serait désirable, pour la clarté de la discussion, que la rédaction émette son opinion nettement : est-elle pour les petits, ou est-elle pour les grands Etats ? C'est-à-dire veut-elle que l'Europe suive l'ancienne politique du morcellement, qui a causé tant de mal ; ou bien veut-elle se placer du côté de la politique nouvelle, qui consiste à satisfaire les besoins et les aspirations des peuples ? Dans le premier cas, il aurait fallu d'abord songer à morceler de nouveau l'Italie et l'Allemagne et ensuite les autres Etats du monde.

Mon opinion, au sujet des grands Etats, ne devait vous causer aucune surprise ; car ma brochure : *Programme de la Sainte-Alliance des peuples,* vous avait été soumise par moi lors de notre première entrevue.

Je tire de cette brochure le résumé du programme (page 43).

« PROGRAMME »

« De la Sainte-Alliance des peuples »

—

« 1° Droit à la terre, qui constitue en même temps la véritable indépendance individuelle ;

» 2° Liberté individuelle et politique ;

» 3° Liberté de la parole, de la presse et de la tribune ;

» 4° **Formation de grands empires ou Etats fédératifs ;**

» 5° Gouvernement guidé par la minorité intelligente ;

» 6° Véritable monnaie, — papier-monnaie ;

» 7° Etablissement d'une Banque générale européenne et uniformité du papier-monnaie ;

» 8° Point d'emprunt pour des opérations improductives ;

» 9° Acquisition par la Banque des principales lignes
de chemin de fer et construction de nouvelles lignes de
communication, abstraction faite de la quotité du béné-
fice présumable ;

» 10° Réduction des armées ou désarmement ;

» 11° Suppression des douanes et des octrois ;

» 12° Impôt sur le capital et restriction du luxe. »

Si votre mémoire ne vous fait pas défaut, vous devez
vous rappeler que mon premier mot a été de vous faire
savoir qu'en donnant de l'argent à un journal, je voulais
avoir un organe où je pouvais publier mes articles sans
la censure de la rédaction ; puis nous avons passé en
revue le résumé cité ci-dessus pour voir si nous étions
d'accord sur les plus graves questions.

La seule objection faite par vous à ce programme a
été portée sur l'article 12. Vous m'avez dit que vous ne
pouviez pas prononcer un avis net au sujet de l'impôt ;
que la question de savoir lequel des deux : l'impôt sur
le capital ou l'impôt sur le revenu est préférable,
offrait matière à discussion. Quant aux autres articles
du programme, vous n'y avez fait la moindre objection.

Je ne veux pas vous reprocher d'être revenu sur une
des questions concernant des grands Etats, question
sur laquelle nous étions d'accord. Mais du moment que
vous y revenez, vous devriez admettre au moins une
discussion de ma part. Vous ne la voulez pas et vous la
refusez par la raison que vous ne pouvez pas souffrir
de contradictions, raison que je ferai connaître dans
ma lettre suivante.

Une chose cependant sur laquelle vous n'avez pas pu
vous tromper, c'est que je tenais très-sérieusement à la
publication de mes idées. Par conséquent, vous auriez

dû bien réfléchir avant de prendre des engagements vis-à-vis de moi. Ces engagements entraînant de ma part des sacrifices énormes, moraux et matériels, et devant me décider à m'établir ici, hors de mon pays ; ces sacrifices, je me décidais à les faire, comme vous le savez bien, dans le seul but de pouvoir parler librement.

Ainsi, si vous avez été d'accord avec moi avant l'acte de signature des Statuts et du versement de l'argent et que vous ne le soyez plus aujourd'hui, vous devriez du moins, comme je l'ai dit plus haut, admettre une discussion de ma part, d'autant plus qu'elle a été provoquée par vous-même.

Ne perdez pas aussi de vue que ce n'est pas moi qui ai été à votre recherche, mais c'est bien à moi, au contraire, que se sont adressés d'abord vos amis et puis une personne qui s'est présentée chez moi en qualité de votre secrétaire, et ce n'est que cette démarche qui me décida à entrer dans de nouveaux pourparlers avec vous.

Veuillez agréer, etc.

V. PANAIEFF.

Voici ce que M. Louis Blanc m'a répondu :

XXI

Paris, 21, rue Royale. — 6 décembre 1876.

MONSIEUR,

Votre lettre m'étonne.

Les personnes qui ont concouru à la fondation du journal l'*Homme libre* vont être convoquées. Vous êtes de ce nombre. Vous aurez donc l'occasion de soumettre vos observations à l'assemblée. Elle jugera si elles sont fondées.

Veuillez agréer, Monsieur, mes salutations.

LOUIS BLANC.

Alors je lui ai écrit cette lettre :

XXII

Paris, rue Balzac.— 7 décembre.

A Monsieur Louis Blanc,

MONSIEUR,

C'est moi qui ai tout le droit d'être surpris de l'étonnement que vous exprimez dans votre lettre du 6 courant au sujet de la réception d'une lettre de ma part.

Vous me renvoyez à l'assemblée des actionnaires. C'est cependant à vous et non à ces personnes que j'avais affaire ; c'est vous qui avez manqué à vos engagements envers moi.

Vous avez connaissance des lettres que j'ai adressées d'abord au Conseil de surveillance, puis à son président, M. Talandier, lettres datées des 5, 8, 10 et 27 novembre ; vous connaissez aussi sans doute la conclusion de ma lettre du 1er décembre. Pouvez-vous m'accuser de peu de patience ? Puisque vous n'avez voulu prendre jusqu'à présent aucune résolution, ma dignité ne me permettant plus de laisser traîner l'affaire en longueur, je trouve de mon devoir de vous prévenir que si je ne reçois pas demain une réponse favorable à ma demande, je serai obligé de m'adresser immédiatement et provisoirement à la publicité. Cela ne doit pas vous étonner, car j'ai annoncé cette résolution dans toutes mes lettres précédentes, lettres dont vous avez eu connaissance. Je ne veux pas souffrir, ne fut-ce qu'un jour de plus, la honte de passer pour le fondateur d'un journal qui, ayant la prétention d'être sérieux, donne place à des sottises semblables à celles qu'on lit dans *Les Mœurs* du n° 41 et beaucoup d'autres.

Agréez.....

V. Panaieff.

Ma dernière lettre à M. Talandier a provoqué de sa part la lettre suivante d'abord et sa visite ensuite.

XXIII

Paris, 47, rue d'Enfer. — 9 décembre 1876.

Monsieur de Panaïeff,

Permettez-moi de vous répéter que j'ai fait tout ce que j'ai cru devoir et pouvoir faire, et que ce n'est pas moi qui le premier ai abandonné dans nos relations les termes affectueux. Je ne vois ni utilité ni agrément à continuer le genre de correspondance auquel nous nous sommes livrés ces derniers temps. Peut-être, dans une entrevue, réussirions-nous mieux à nous entendre.

J'irai donc, si vous le voulez bien, vous voir demain matin dimanche entre neuf heures et neuf heures et demie. Si cependant cette visite avait quelque chose qui pût vous déplaire, soyez assez bon pour me le faire savoir.

Veuillez agréer mes salutations empressées,

A. Talandier.

Après sa visite, M. Talandier m'a adressé encore une lettre ; la voici :

XXIV

Paris, 47, rue d'Enfer.— 11 décembre 1876.

Cher Monsieur de Panaïeff,

Permettez-moi (quitte à jeter ma lettre au feu) de vous supplier, aussi bien *par amitié pour vous* que par amitié pour Louis Blanc et dévouement à la cause de la démocratie, de ne pas donner suite au projet dont vous m'avez parlé hier.

Où exposerez-vous vos griefs contre Louis Blanc ? Dans un journal, dans une brochure ? Soyez sûr que pour trouver un journal qui insère vos lettres ou rende compte de votre brochure, et cela non par amitié pour vous, mais pour le plaisir d'un scandale nuisible à la démocratie, il faudra vous adresser aux journaux les plus réactionnaires, à des journaux comme celui (le *Gaulois*) contre lequel j'ai perdu tout récemment le plus juste des procès, parce que ces feuilles . . . .

. . . .

Et alors que dira-t-on, en vous voyant, vous qui naguère parliez au banquet de St-Mandé et fondiez un journal avec Louis Blanc, écrire à ces journaux ou être défendu par eux, pris sous leur protection ? Je crois pouvoir vous certifier que cela vous sera plus nuisible qu'à qui que ce soit, et je vous le répète, *par amitié pour vous*, ne donnez pas suite à cette idée qui ne vous procurera aucune satisfaction réelle, ni morale, ni matérielle et sera pour vous la cause de nouveaux chagrins, sans compter les railleries ; car ces gens-là ne prendront même pas vos griefs au sérieux. Ils se moqueront et voilà tout.

Je crois qu'il serait beaucoup plus satisfaisant pour

vous d'obtenir, par une insertion dans l'*Homme libre*
des causes de la dissidence survenue et de l'explication
de votre retraite, une satisfaction morale qui, celle-là,
serait au moins sérieuse et réelle.

Pardonnez-moi la liberté que je prends de vous conseiller dans cette circonstance et croyez à mon sincère
attachement.

A. Talandier.

A la lettre de M. Talandier j'ai répondu par la
suivante :

XXV

Paris, 3, rue Balzac.— 14 décembre 1876.

Mon cher monsieur Talandier,

Me réservant la faculté de vous donner une réponse
au sujet de la question concernant *la cause*, que vous
appelez *démocratique*, et de vous prouver, comme
2 et 2 font 4, que vous défendez en ce moment une
cause diamétralement opposée, je crois cependant de
mon devoir de vous demander, à propos de votre lettre,
si vous avez été autorisé par M. Louis Blanc à me
proposer l'*insertion* dans le journal l'*Homme libre*.

Si vous l'êtes réellement, alors je vous prie d'avoir
l'obligeance de me parler catégoriquement (car je n'ai
rien compris dans votre proposition), et de le faire, si
toutefois vous le jugez nécessaire, le plus tôt possible.

Je dois vous dire aussi que ce n'est pas au *Gaulois*
que j'avais l'intention de m'adresser, et si je ne trouve
pas en France un journal qui ait le courage d'être impartial et de soutenir la vérité (ce qui serait un signe
bien triste pour votre pays), il me reste toujours le
moyen de faire la publication dans les journaux
étrangers.

Vous vous trompez fort, si vous pensez que je cherche à être défendu par qui que ce soit. Toute ma vie, je n'ai compté que sur moi-même, et ce n'est pas aujourd'hui, à l'âge de 52 ans, que je songerais à trahir mon principe pour aller chercher un appui ailleurs. — Si on me disait que le monde entier se moquerait de moi, cela ne m'empêcherait pas de défendre la vérité quand les circonstances m'appellent à le faire.

Veuillez agréer, etc.

V. PANAIEFF.

Voilà ce que M. Talandier m'a répondu :

XXVI

Paris, 47, rue d'Enfer. — 15 décembre 1876.

Mon cher monsieur de Panaïeff,

Je n'ai point été autorisé par Louis Blanc à vous proposer quoi que ce soit ; la seule chose qu'il m'avait prié de faire, et je l'ai oublié, c'était de vous redemander le manuscrit de l'article qu'il vous a envoyé, non pour vous imposer l'obligation de le signer, mais pour vous le soumettre et voir s'il vous convenait. Je répare aujourd'hui cette omission.

C'est uniquement pour le désir que j'ai de voir se terminer l'affaire à l'amiable, que je vous ai demandé la permission de vous représenter quelques-uns des inconvénients qu'aurait la publication, dont vous m'aviez parlé, dans un journal français qui ne pourrait être, soyez-en sûr, qu'un réactionnaire, et par amitié pour vous aussi bien que pour Louis Blanc que je vous ai écrit ma dernière lettre. Mais je n'ai pouvoir de m'engager pour personne.

Je ne pense pas que le journal l'*Homme libre* mérite

toutes les critiques que vous lui adressez. Je trouve, au contraire, qu'il s'améliore de jour en jour ; mais, quoi qu'il en soit, il faut nous placer dans deux hypothèses : ou M. Gardarin, avec l'aide de ses amis et de ceux de Louis Blanc, trouvera l'argent nécessaire pour continuer le journal, et je ne vous cacherai pas que, si cela se pouvait, je crois que cela vaudrait mieux. Peut-être alors pourrait-on quelque jour (si le journal réussissait), vous rendre l'argent que vous avez versé. Ou bien, faute d'argent, et par suite d'une décision des actionnaires réunis, le journal cessera de paraître.

Dans l'une ou l'autre de ces hypothèses, une note insérée dans le journal pour expliquer votre retraite me paraît, même pour vous, infiniment préférable à toute autre solution. Je ne me dissimule pas que dans l'état d'esprit où vous êtes et où sont de leur côté Louis Blanc et M. Hamel, la rédaction de cette note pourra faire l'objet de quelques difficultés, car chacun croit avoir absolument raison, et je ne me dissimule pas non plus que notre rôle, à M. Carada et à moi, qui sommes comme des tampons entre vous et ces messieurs, n'est ni facile ni agréable ; mais enfin je voudrais que l'on arrivât, puisqu'on ne peut s'entendre, à une séparation à l'amiable, et c'est là le seul sentiment qui m'ait guidé.

Veuillez, cher monsieur de Panaïeff, me croire toujours votre affectionné,

A. Talandier.

P.-S. Il sera naturellement tenu compte de votre dernière lettre au conseil de surveillance, dans le rapport que celui-ci devra faire à l'assemblée du 25, et la lettre elle-même y figurera.

Pour acquit de conscience, je me suis adressé encore une fois à M. Louis Blanc :

XXVII

19 décembre 1876. — Paris, 3, rue Balzac.

A Monsieur Louis Blanc,

MONSIEUR,

Bien que je vous aie déjà prévenu de la publicité à laquelle il me serait indispensable, dans un certain cas, de m'adresser, cependant, pour ne pas vous causer la moindre surprise et pour épargner à ma conscience le moindre reproche, je veux épuiser tous les moyens qui sont en mon pouvoir pour éviter un scandale et, par conséquent, j'ai jugé utile de faire encore un dernier effort à ce sujet, en vous communiquant ma lettre ci-jointe, destinée à être publiée (1).

Si vous trouviez plus convenable d'empêcher cette publication, vous n'avez qu'à me rembourser mon argent immédiatement, ou à vous engager, d'une manière absolue, à me le rembourser à un terme fixe, sans aucune condition accessoire.

Dans ce cas, je n'aurais qu'à publier simplement que j'ai retiré mon argent et que, par conséquent, je ne puis porter aucune responsabilité dans la fondation du journal.

Je vous prie d'avoir l'obligeance de me donner une réponse positive et nette — oui ! ou non ! — par le porteur de la présente.

Pas de réponse, ou bien une réponse évasive, ou enfin un renvoi de la question à l'assemblée générale, je considèrerai cela comme un refus ; car, comme j'ai

---

(1) Cette lettre est celle qui est placée à l'avant-propos.

eu déjà l'honneur de vous le rappeler, ce ne sont pas les actionnaires, mais bien vous qui avez pris envers moi des engagements que vous avez refusé de remplir.

Ce n'est pas ma faute si vous n'avez pas voulu me restituer mon argent, quand il était si facile de le faire, et si vous avez préféré aplanir le premier conflit par un engagement écrit, sur lequel vous êtes cependant revenu quelques jours après. Par conséquent, c'est à vous et à vos amis de supporter la responsabilité de vos actes, et vous n'avez qu'à vous en prendre à vous-même, d'autant plus que je n'avais pas manqué de vous avertir plusieurs fois et à temps.

Puisque vous faites le journal pour vous et que vous avez agi envers moi en dictateur ; puisque vous considérez, à ma grande surprise, le journal comme votre propriété, il serait tout naturel que vous le fassiez à votre compte et non au mien.

Ne perdez pas de vue que le premier conflit remonte aux premiers jours de l'apparition du journal, et que c'est encore le 5 novembre que j'ai motivé ma demande concernant la restitution de mon argent, demande que j'ai été forcé de faire de nouveau le 27 novembre, tandis qu'aujourd'hui nous sommes déjà au 19 décembre.

Je me permets d'attirer votre attention sur cette affaire et de vous conseiller de penser sérieusement aux conséquences qui surgiront inévitablement, si vous refusez à la terminer de la manière véridique, logique et juste que je vous ai indiquée. C'est le seul moyen, en dehors duquel ni ma dignité, ni mes droits, ni mes devoirs, ne me permettront d'accepter aucune transaction.

Agréez, etc.

V. Panaieff.

Ma lettre à M. Louis Blanc est restée sans réponse, seulement, quelques jours après, je reçus sommation, par huissier, de procéder à un nouveau versement d'argent. Ce fut là le préambule du procès.

Le 27 novembre, ayant demandé la restitution de l'argent par moi versé ou, à défaut de cette restitution, la convocation de l'assemblée générale afin de poser la question de la dissolution de la société, cette convocation n'a eu lieu que le 25 décembre.

Dans cette séance, M. Talandier, prenant la parole comme président du conseil, prononça un long discours sur la situation du journal et conclut à la nécessité de la dissolution de la société.

Mon intention étant tout-à-fait conforme à celle exprimée par l'orateur, je n'eus autre chose à faire qu'à m'associer à ses conclusions.

Étant propriétaire de 80 actions, plus les voix de M. Talandier et de ses amis qui auraient voté dans mon sens, le vote de dissolution était assuré.

Mais cette décision n'était pas dans les vues de M. Louis Blanc, de M. Hamel et de M. Gardarin, gérant du journal, on trouva un prétexte pour renvoyer la décision à l'assemblée prochaine, qui fut fixée au surlendemain.

La séance levée M. Louis Blanc s'adressa à moi et me demanda de lui remettre les articles qu'il avait écrit pour mon compte, et dont il a été question plus haut.

Ayant refusé catégoriquement de rendre les originaux, et ayant proposé pourtant de donner des copies desdits articles, un tumulte, dont je n'avais jamais été témoin, éclata dans la salle à mes paroles.

Je quittais alors la séance avec les personnes qui étaient venues avec moi. La rage de mes adversaires était si grande que plusieurs d'entre eux me suivirent jusque dans l'escalier pour tâcher de m'arrêter.

Cet incident me détermina à ne pas me rendre à la séance prochaine, et j'ai préparé une lettre pour le Président du Conseil ; cette lettre, la voici :

XXVIII

Paris, 3, rue Balzac. — 26 décembre 1876.

A Monsieur Talandier, Président du Conseil,

MONSIEUR,

Ne pouvant plus m'exposer à des provocations pareilles à celles que quelques membres de l'assemblée se sont permises envers moi, à la séance de lundi, et considérant par conséquent que ma personne ne serait pas suffisamment en sûreté, au milieu de cette assemblée, d'autant plus que l'initiative de ces provocations a été prise par le directeur politique du journal et par M. son frère, je ne puis plus me rendre à l'assemblée.

A la dernière séance, j'ai démontré la violation grave des articles 13 et 15 des Statuts et j'en ai conclu à la liquidation des affaires de la société. Par conséquent vous pouvez compter toutes les 80 voix, dont je dispose, comme votant pour ladite liquidation.

Quant à la question des engagements pris envers moi par M. Louis Blanc, je pense que cela ne regarde pas l'assemblée générale. Cependant si M. Louis Blanc et vous teniez à vous adresser à elle, vous n'auriez qu'à lire à la séance mes lettres des 5, 8, 10 et 27 novembre, et M. Louis Blanc pourra, s'il le veut, faire la lecture de celles que je lui ai adressées.

Puisque M. Louis Blanc a demandé de lui rendre les articles faits par lui : (un pour mon compte et l'autre contenant la critique de celui-ci), je joins à la présente la copie des articles en question.

Quant aux originaux, j'ai eu déjà l'honneur de dire à M. Louis Blanc que je les garderai, pour servir au besoin de preuve de la manière dont il entendait remplir ses engagements envers moi.

Agréez, etc.

V. Panaieff.

Cette lettre n'a pas été envoyée, car les personnes qui m'avaient accompagné à la dernière réunion me persuadèrent d'aller d'abord consulter un avocat avant de l'expédier à son destinataire.

M. l'avocat m'expliqua la nécessité de me présenter en personne à la séance qui devait avoir lieu, et, afin d'éviter une provocation probable, de me faire suivre d'un officier ministériel.

Je suivis ce conseil et je me rendis à l'assemblée du 27 décembre ; elle fut paisible. Voici ce qui s'y passa :

1° M. Talandier, probablement pour être agréable à M. Louis Blanc et à d'autres personnes, désavoua le discours qu'il avait prononcé dans la séance précédente ;

2° M. Louis Blanc s'opposa à ce que la question de dissolution, posée par moi, fut votée, et M. Talandier s'associa à cette opinion l'appuyant de son autorité de président de la commission ;

3° En outre, M. Louis Blanc proposa d'émettre de nouvelles actions, probablement pour me retirer à l'avenir la majorité des voix ;

4° M. Salles, secrétaire de la rédaction et ami intime de M. Louis Blanc, présenta une procuration pour les dix actions inscrites au nom de M. Swirsky, actions dont j'étais le propriétaire. Il s'est emparé de cette procuration en induisant en erreur M. Swirsky qui la lui avait envoyée en blanc, afin que M. Salles me la remette.

Malgré ma protestation, malgré les pièces à l'appui que je fis valoir, et bien que la plupart des rédacteurs et le gérant eussent connaissance de mes droits, on me retira les voix qui m'appartenaient. En présence de cette manière abusive et illégale d'agir avec moi, j'ai refusé de prendre part aux délibérations et aux votes de cette séance et je me suis retiré.

—————

Vint plus tard, à l'audience, notre procès. M. Louis Blanc, probablement en vue d'éviter des débats sur le fond de la question et usant de son droit, me demanda une caution de 5,000 francs.

Les journaux ayant rendu compte de l'audience concernant cette affaire, le public sait comment les choses se sont passées.

A propos de la publicité donnée à cette affaire, MM. Louis Blanc et Talandier ont publié, dans l'*Homme libre*, des lettres remplies d'injures contre moi et dénaturant en même temps les faits.

J'ai répondu à ces lettres de la manière suivante :

XXIX

Paris, 2 mars 1877.

A monsieur le directeur de l'HOMME-LIBRE,

Monsieur le Directeur,

Etant absent de Paris depuis plus de trois semaines, il n'y a que trois jours que j'ai eu l'occasion de lire votre lettre,

ainsi que celle de M. Talandier, publiées dans l'*Homme libre*
du 22 février.

Je viens aujourd'hui y répondre, vous priant, et au besoin
vous requérant, de publier ma réponse dans votre plus prochain numéro.

La meilleure réponse à vos lettres serait la publication
in extenso, sans aucun commentaire, de notre correspondance antérieure ; mais cette correspondance étant très volumineuse, je dois y renoncer, tout prêt, du reste, à faire toute
publication que vos dénégations rendront nécessaire.

1° M. Louis Blanc trouve mon procès avec lui *inconcevable*. Il s'ensuit donc que M. Louis Blanc a le courage de
prétendre que je ne suis entré dans le journal l'*Homme libre*
que comme simple bailleur de fonds, brûlant du désir de
donner mon argent à la fondation du journal destiné à n'avoir
d'autre but que de servir d'organe à M. Louis Blanc. Soit ! ! !
Cette question sera vidée par le procès ; pour le moment, je
rappellerai seulement à M. Louis Blanc qu'une des premières
paroles que je lui ai adressées a été : *que je ne donnerais pas
un sou pour un journal qui serait un journal de parti ou
de coterie.*

« Procès inconcevable ! ! » M. Louis Blanc trouve donc
tout naturel de se servir de l'argent d'autrui pour faire son
affaire, d'oublier ses engagements, par la raison qu'ils ne
figurent pas dans les Statuts, et qui, plus est, de me demander de nouveaux sacrifices et de s'étonner que je me défende.
Cet étonnement ne peut être expliqué chez M. Louis Blanc
que par son habitude d'agir comme ultra-autoritaire dans
son milieu, et, par conséquent, de trouver inconcevable de
rencontrer des hommes qui ne se plient pas devant son autorité *sectatoriale*. (1)

2° M. Louis Blanc a le courage de dire que c'est de ma
propre initiative que je me suis empressé de lui offrir mon
concours financier, comme s'il ignorait que c'est en son nom
que se sont adressés à moi, d'abord, M. Talandier, et, ensuite, M. Salles, à titre de secrétaire de M. Louis Blanc.

---

(1) Je me permets de rétablir le vrai mot : *sectatoriale*, qui, dans
le journal, a été remplacé par le mot : *dictatoriale*.

Les choses se sont passées ainsi :

Après mes deux premières entrevues avec M. Louis Blanc, entrevues qui eurent lieu au mois de juin, provoquées par des démarches de M. Talandier, ami de M. Louis Blanc, je partis pour la Russie, mes affaires m'y ayant appelé ; là, je reçus un projet de Statuts : l'ayant trouvé inacceptable, j'abandonnai l'idée de faire le journal en commun. De retour en France au mois d'août, et me trouvant à la Celle Saint-Cloud, un monsieur, qui se disait secrétaire de M. Louis Blanc, se présenta chez moi de la part de ce dernier, pour m'entretenir de l'affaire du journal ; je répondis que les Statuts qu'on m'avait envoyés étaient inacceptables, et que je renonçais à l'idée de faire le journal en commun. Alors ce monsieur (Salles) allégua que le projet en question ne présentait aucune importance, que M. Louis Blanc lui-même ne l'approuvait pas et que ce dernier me priait de venir le voir le lendemain pour reprendre les pourparlers.

Est-ce donc moi qui ne songeais qu'à courir chez M. Louis Blanc pour lui offrir mon concours financier ?

3° M. Louis Blanc déclare que plus de la moitié du capital a été souscrite avant que ses amis se soient présentés chez moi, c'est-à-dire au mois de mai ; cette souscription a été si réelle qu'à la fin du mois de septembre, quand nous nous sommes réunis chez M. Louis Blanc, en assemblée générale, pour parapher les Statuts, on nous a annoncé, en pleine séance, qu'il manquait 40,000 francs. Pour conclure l'affaire qui menaçait de s'éterniser, je me suis offert à souscrire encore pour 30,000 francs, ce qui portait le montant de ma souscription à 80,000 francs ;

4° M. Louis Blanc, dans sa lettre, s'est attaché particulièrement au mot : « Panslavisme ». Le fait est que s'il n'a jamais été question de fonder un journal exclusivement « panslaviste », il était entendu que le journal serait sympathique à la Russie et à la cause slave, c'est-à-dire à l'entière émancipation des chrétiens du joug musulman ;

5° M. Louis Blanc cite un extrait de ma première lettre publiée dans le journal l'*Homme libre*, pour prouver que ma participation à la rédaction dudit journal, n'a été qu'une grâce faite à moi par M. Louis Blanc.

Oui ! il est parfaitement vrai que M. Louis Blanc, une fois les Statuts signés, a fait tout son possible pour me créer une semblable position. Et c'est précisément cela que ma dignité d'homme qui se respecte ne m'a pas permis de supporter plus longtemps.

Mais ce qui est sublime, c'est que M. Louis Blanc prend pour preuve la lettre en question. A-t-il donc oublié qu'au moment de l'apparition du journal, il a refusé d'y insérer mes articles, qu'il avait en mains bien avant cette époque, et qu'il m'a invité alors, avant leur publication, à lui adresser une lettre dans laquelle je devais le prier d'accepter mes articles, pour justifier, m'a-t-il dit, vis-à-vis du public, ma participation à la rédaction ; en outre, il m'a invité en même temps à ne pas signer mes articles en mon nom, mais à choisir un pseudonyme et à retirer le titre : « Lettres aux Electeurs » que j'avais donné à mes articles. Croyant que ces exigences se borneraient là, je lui ai fait ces concessions, et voilà qu'aujourd'hui il se sert de ladite lettre comme d'une preuve que ma participation au journal n'était qu'une complaisance de sa part en ma faveur. Vraiment ceci est superbe ! ! !

6° M. Louis Blanc me qualifie de *démocrate* et de *républicain.*

Le mot démocratie n'a de signification aujourd'hui qu'en Angleterre. Ce mot n'a plus aucune raison d'exister, ni en Russie depuis que les priviléges ont été abolis, ni dans aucun autre pays de l'Europe. Je défie M. Louis Blanc de donner une signification logique et sensée à ce mot comme on l'interprète généralement, en dehors de l'Angleterre. Il n'existe pas une question de démocratie, mais il existe une question de prolétariat, question des pauvres qui, ne trouvant pas de travail aujourd'hui, ne savent pas comment ils vivront demain. Ce n'est pas cependant ce dernier sens que M. Louis Blanc entend par démocratie. Ainsi, que M. Louis Blanc sache bien que je ne suis ni démocrate, ni aristocrate, mais tout simplement un homme convaincu des idées suivantes :

1° Que l'ordre et la stabilité dans la vie sociale ne se réaliseront que par l'exercice absolu des libertés civiles ;

2° Que la misère dans le monde est une anomalie qui pourrait être promptement détruite ;

3° Que les préjugés et l'ignorance des hommes politiques sont la cause de l'animosité qui règne entre les nations civilisées et de leurs armements qui les ruinent ;

4° Que l'éducation des masses résoudra beaucoup de questions qui semblent aujourd'hui insolubles ;

5° Que la réalisation de toutes ces idées ne saurait s'accomplir que par la mise en pratique de la philosophie *du Christ*. — Le mot démocrate embrasse-t-il toutes ces idées ?

Je passe au mot *républicain*...

Ni dans aucun de mes ouvrages, ni dans aucune de mes paroles, je n'ai jamais exprimé que je considérais la forme de gouvernement républicaine comme un idéal, comme une forme de gouvernement supérieure aux autres. Que M. Louis Blanc daigne lire mes ouvrages, il y verra que je m'y suis montré particulièrement hostile au principe de la collectivité dans le gouvernement.

Etant pour la liberté pleine et entière pour tous, je suis d'avis que la forme républicaine, telle qu'on la considère aujourd'hui, par sa nature même, ne pourra jamais réaliser ladite liberté. La forme républicaine, c'est l'oppression, sans appel, des uns contre les autres. Ce n'est que l'alternance de ces oppressions qui pourrait sauver les républiques. En dehors de cette alternance, les guerres civiles sont inévitables. Mais quoique ne reconnaissant pas la forme républicaine comme un idéal, je trouve néanmoins que, dans certains cas donnés, et pour certains pays, cette forme pourrait être considérée comme une des meilleures solutions.

Ainsi, je prie M. Louis Blanc de m'épargner ses qualifications qui ne sont logiques que pour des sectes. Quant à moi, j'aime tellement la liberté que jamais je n'ai appartenu ni appartiendrai à aucune secte, et jamais je n'enfermerai mon esprit dans une cellule ;

7° M. Louis Blanc, citant l'article 29 des Statuts, ainsi conçu :

« En cas de contestations quelconques pouvant s'élever au
« sujet de l'interprétation ou de l'exécution du présent acte,
« les parties prennent l'engagement d'honneur de s'en rap-
« porter à la décision du bâtonnier de l'ordre des avocats,
« près la cour d'appel de Paris, lequel statuerait définitive-
« ment comme amiable compositeur et sans formalité de pro-
« cédure. »

m'accuse de n'avoir pas tenu mon engagement d'honneur.

S'agit-il dans l'affaire en question de l'interprétation des Statuts ?

L'engagement pris par M. Louis Blanc envers moi y figure-t-il ? et cette omission est-elle de ma faute ? Ce sont les amis de M. Louis Blanc qui m'ont déclaré que la loi française ne permettait pas d'introduire dans les Statuts d'une société des conditions particulières, arrêtées entre une partie des actionnaires ; ce sont eux encore qui m'ont annoncé, en même temps, que j'étais suffisamment garanti par le nom, par la personne et par la parole de M. Louis Blanc. Il s'agit donc ici d'une affaire toute particulière entre M. Louis Blanc et moi, en dehors des Statuts. D'ailleurs, est-ce moi qui ai commencé l'attaque ; ou est-ce M. Louis Blanc, par l'intermédiaire de l'administration ?

Ne se contentant pas de me causer une perte directe de plus de 30,000 fr., pour me faire le plaisir de publier cinq articles ; ne se contentant pas de me faire dans le journal une situation impossible pour un homme qui se respecte, M. Louis Blanc, en sa qualité de directeur politique, a eu le courage de ne pas empêcher l'envoi de la sommation qui exigeait, de ma part, le nouveau versement d'argent, tandis que lui n'a rempli aucun des engagements vis-à-vis de moi. Qui donc a manqué à son engagement d'honneur ? En ce qui me concerne, je ne fais que me défendre et demander, à celui qui me les a causés, la réparation des préjudices subis par moi.

Je passe maintenant à la lettre de M. Talandier.

8° M. Talandier a absolument voulu (pour des raisons qu'il ne saurait jamais avouer) informer le public qu'il avait fait ma connaissance chez Herzen, à Londres, et a prétendu que lui, M. Talandier, avait laissé en 1859 un si profond souvenir dans mon esprit, que moi, après dix-sept ans qui se sont écoulés depuis, je ne songeais qu'à m'unir à lui et que j'étais venu de Pétersbourg uniquement pour le prier de faire le journal avec moi.

Ayant eu beaucoup de relations avec le peuple de mon pays, ayant eu constamment occasion d'étudier sa vie, son caractère, sa conscience et sa manière de voir, je pensais qu'il était de mon devoir d'apporter une obole pour la solution de la question relative à son émancipation. Et jadis, j'ai fait à ce sujet quelques ouvrages. Me trouvant, en 1858, à l'étranger, et ayant déjà, tout prêt, à cette époque, un ouvrage écrit en langue russe et intitulé : *Projet de l'émancipation des serfs en Russie (Proéct osvobojdenïa Krestian w Rossiy)*, je suis allé à Londres pour faire la publication de ce projet. Herzen, à qui je me suis adressé à ce sujet, a eu la complaisance d'accepter cette publication, bien que je lui eusse demandé que mon projet fût publié dans un livre à part où ne devait figurer aucun autre ouvrage. Ce projet remplit le cinquième volume des *Voix de la Russie*, publié en langue russe, à Londres. Le dit ouvrage portait la première brèche dans l'esprit de ceux qui considéraient l'émancipation des serfs, au moyen du rachat, comme une illusion irréalisable. Ai-je rendu quelques services à la cause de l'émancipation, si petits qu'ils soient, ce n'est pas à moi d'en juger. Mais je me suis acquitté vis-à-vis de ma conscience et j'ai la certitude que mon ouvrage n'est pas resté sans influence sur les esprits de ceux qui ont participé directement à la solution de la question.

Quelque temps après, c'était en 1859, j'ai pensé qu'il ne serait pas inutile de faire un résumé de mes ouvrages traitant ladite question dans le but de donner plus de facilités d'embrasser cette question.

Mes affaires m'ayant ramené à Londres, je profitai de cette occasion pour publier ledit résumé. Me trouvant en Angleterre pour faire certaines études, et ne connaissant pas la langue anglaise, j'avais besoin d'un interprète, et je me suis encore adressé à M. Herzen pour lui demander s'il ne connaîtrait pas quelqu'un pour remplir ce rôle. Herzen m'a recommandé M. Talandier. Voilà l'origine de ma connaissance avec ce dernier. M. Talandier a bien voulu me faire le plaisir de me servir d'interprète, non cependant à titre d'amitié, attendu qu'on ne se fait pas ami en un seul jour, mais moyennant une rétribution pécuniaire de ma part. Depuis ce temps jusqu'au mois d'avril dernier, je n'ai eu aucune relation avec M. Talandier. Au mois d'avril, par hasard, j'ai appris que M. Talandier était à Paris et qu'il était député, et je suis allé le voir. Tout en causant, je lui ai dit que j'avais l'intention de fonder un journal à Paris, et je lui ai demandé s'il serait disposé à y prendre part. M. Talandier m'a rendu visite, et nos relations se bornèrent là. Plus tard, à la fin du mois de mai, je reçus une lettre de M. Talandier dans laquelle il me demandait un rendez-vous pour me proposer de participer à la fondation d'un journal que ses amis avaient l'intention d'organiser.

A la suite de cette lettre j'eus une entrevue avec M. Talandier, à la Chambre des députés.

Aussitôt notre entretien terminé, M. **Talandier** se rendit à la séance pour demander à M. Louis Blanc de me fixer un rendez-vous. Ce dernier me le donna pour le lendemain, et M. Talandier me pria d'obtenir entre autres choses de M. Louis Blanc la promesse qu'il accepterait M. Talandier comme rédacteur permanent du journal. Le lendemain, j'allai chez M. Louis Blanc et, dans l'entretien que j'eus avec lui, il consentit à ma demande concernant M. Talandier, sans cependant omettre de me faire observer qu'il avait déjà en vue, pour ces fonctions, d'autres personnes en nombre voulu.

Voilà le vrai récit de mes relations avec M. Talandier, avant la formation du journal.

9° M. Talandier prétend que je suis *un révolutionnaire*, parce que je traite dans mes ouvrages du « Droit à la terre » et que je suis pour le droit de la liberté.

Le droit à la terre existe en Russie depuis l'origine du peuple russe. Dans le courant de l'étude de cette question, il m'a paru que ce droit devait résoudre radicalement et définitivement la question sociale ardue de notre époque, et m'étant réjoui du rôle que mon pays était appelé à jouer à ce sujet dans les destinées du monde, je suis devenu, dès lors, non-seulement un des plus sincères défenseurs dudit droit, mais c'est moi qui, le premier, l'ai formulé dans une de mes brochures et m'efforce depuis de le mettre à la portée de ceux qui l'ignorent.

S'ensuit-il que je sois *révolutionnaire* ?

Quant à mes opinions sur la liberté, ce sont précisément ces mêmes opinions qui me déchargent du titre honorifique de révolutionnaire que M. Talandier a voulu me donner. Je suis si peu révolutionnaire que j'avoue que je me moque, au fond de mon âme, de tous ceux qui, en se déclarant révolutionnaires, croient être, pour cela, de grands esprits libéraux. Je dirai plus, je hais le *révolutionnarisme*, car, à mon point de vue, c'est cette doctrine qui empêche la liberté de prendre son essor.

Je prie M. Talandier de me citer une ligne de mes ouvrages qui aurait pu lui donner le droit de me considérer comme révolutionnaire. D'ailleurs, il sait très bien que je ne le suis pas, car, plus d'une fois, je lui ai dit que je ne concevais pas pour quelles raisons on pouvait s'honorer du titre de *révolutionnaire* qui veut dire : tendance à agir violemment ! Pourquoi donc M. Talandier tient-il aujourd'hui vis-vis de moi un langage par lequel il s'efforce de tirer un parallèle entre moi et quelques imbéciles, et quelques écoliers de mon pays qui se livrent à des manifestations aussi inconsidérées que pétulantes. Peine parfaitement inutile de sa part qui n'excite qu'un sourire. Mais, ce qu'il serait instructif d'expliquer, c'est le mobile qui a poussé M. Talandier à tenir un pareil langage ; je m'abstiens cependant d'en donner l'explication et ferai remarquer seulement que M. Talandier a donné ici la preuve d'un caractère *qui est très-apprécié pour de certaines fonctions* (1)

10° M. Talandier mentionne que les journaux se moquent de moi, et affirme que je le mérite.

Si M. Talandier a raison quand il prétend que les journaux se moquent de moi, cela me touche fort peu ; du reste, il sait déjà mon opinion à ce sujet, d'après la lettre que je lui ai écrite en réponse à la sienne, dans laquelle il me menaçait de ces moqueries. D'ailleurs, comment M. Talandier ne s'est-il pas rendu compte que, s'il y a vraiment sujet de moquerie, c'est à propos de *la confiance* que j'ai mise dans les hommes avec qui je suis entré dans l'affaire, confiance qui, comme le sait très bien M. Talandier, ne dérive pas de ma naïveté, mais qui est la conséquence de mes principes.

11° M. Talandier m'accuse d'*indiscrétion* et d'*indélicatesse*.

Indiscrétion ! *Indélicatesse* ! — En quoi ?

Il y a plus de deux mois que M. Talandier a été prévenu que sa conduite envers moi pourrait forcément, à mon grand regret, amener la nécessité de mettre au jour sa correspondance. Il n'a pas suffi à MM. Louis Blanc et Talandier de se servir de mon argent pour fonder un journal à eux, il ne leur a pas suffi de m'entraîner dans des procès, de me détourner de mon travail paisible, de me mettre dans la nécessité d'échanger une correspondance avec eux, correspondance tellement volumineuse qu'on en pourrait former une brochure d'au moins cent pages, il ne leur a pas suffi de me faire perdre inutilement plus d'une demi-année, de paralyser pour longtemps mes projets de publiciste ; tout cela ne leur a pas

---

(1) Je rétablis ici les termes qui figurent dans ma dernière rédaction.

suffi, et M. Louis Blanc, profitant de l'occasion, a voulu encore me causer un nouveau préjudice en me demandant une caution de 5,000 francs.

L'honorable avocat qui s'est chargé de défendre ma cause a trouvé cette exigence exorbitante, d'autant plus que les préoccupations de M. Louis Blanc sont suffisamment garanties par mon argent que garde chez lui M. Talandier, et naturellement mon défenseur a été amené à en donner la preuve par la lecture d'une des nombreuses lettres de M. Talandier à mon adresse. Et je dois prévenir encore une fois M. Talandier qu'il pourrait facilement arriver que, dans le cours du procès, mon défenseur trouvât nécessaire de se servir d'autres lettres dont la lecture serait encore plus sensible à M. Talandier que celle qui avait été déjà lue au tribunal.

Je suis attaqué et je laisse à mon honorable avocat le soin de me défendre comme bon lui semblera.

12° M. Talandier m'attribue la prétention de représenter fidèlement les idées de Herzen. M. Talandier ne pourrait tirer cette conclusion que d'une de mes lettres, à lui adressée dans le courant de décembre dernier, en réponse à l'une des siennes. Je donne pleine liberté à M. Talandier de publier cette lettre, à la condition qu'elle soit reproduite *in extenso* et sans la moindre modification. On saura alors le point sur lequel, non-seulement je suis d'accord avec Herzen, mais sur lequel j'exprime mes convictions d'une façon beaucoup plus accentuée. Ce point est : *L'appréciation de la philosophie qui domine, à peu d'exceptions près, les esprits des hommes politiques de l'Occident.*

13° M. Talandier exprime la certitude que mes amis russes déploreront un procès avec M. Louis Blanc, dans lequel je me montre sous les couleurs d'un homme qui se refuse à remplir ses obligations librement contractées. Certitude illusoire !! Non-seulement mes amis ne déploreront pas ma conduite, car ils savent bien que jamais je ne ferai rien qui puisse compromettre ma dignité, mais encore ils me sauront gré que, malgré les grands ennuis, la perte de temps, de santé que j'ai éprouvés, etc., je suis resté fidèle à mon principe de ne jamais reculer devant aucun obstacle quand il s'est agi de dissiper les ténèbres de l'erreur ; ils me sauront gré d'avoir courageusement tenté de détruire, à l'occasion, les fausses illusions qui règnent à l'égard de certaines choses dans l'esprit de beaucoup de jeunes gens de notre pays.

14° M. Talandier m'accuse de fouler aux pieds un engagement d'honneur en citant le même article des Statuts qu'a déjà cité M. Louis Blanc. Ma réponse à cette assertion est la même que celle que j'ai déjà faite plus haut à M. Louis Blanc.

V. PANAIEFF.   V. PATHFINDER.

L'*Homme libre*, en publiant ma réponse ci-dessus, avec quelques petites modifications, l'a accompagnée de commentaires marqués au coin *d'un talent peu commun*, dans lesquels on me traitait de *menteur* et de *sauvage*.

Je fis, le 16 mars, une réponse à toutes les injures qui m'étaient adressées, mais, malgré mes droits formels, je n'ai pu encore obtenir l'insertion de mes lettres. Je les publie ici :

XXX

Nice, le 16 mars 1877.

A monsieur Ernest Hamel,

MONSIEUR,

Puisque vous vous êtes emparé de la rédaction du journal, bien que d'une façon tout à fait arbitraire, — ce qui, du reste, est parfaitement logique de la part de ceux qui se guident par le principe révolutionnaire, — c'est à vous que je suis obligé de m'adresser pour vous demander la publication de mes explications ci-jointes.

Je vous demande aussi de faire servir, pour cela, les mêmes caractères qui ont servi pour la publication des lettres de MM. Louis Blanc, Talandier et Salles, ainsi

que des commentaires du journal, et non pas ces petits
caractères que vous avez voulu employer pour la publication de ma réponse précédente. La loi, en détermi-
nant l'étendue pour la réponse, a eu sans doute en vue
l'emploi des mêmes caractères. Je ferai remarquer ici
que, malgré la longueur de mes réponses, je suis encore bien loin des limites que m'accorde la loi. Pour
vous en assurer, vous n'avez qu'à calculer le nombre
de caractères.

V. PANAIEFF.

M. Louis Blanc, en publiant ma réponse, a laissé le
soin de la faire accompagner de commentaires à ses
amis.

Voyons si cette manœuvre de M. Louis Blanc a servi
à son avantage.

D'abord, je ferai remarquer, que la tactique de mes
adversaires ne se distingue que par des provocations,
probablement dans le but de parvenir à me mettre
ainsi hors de moi. Cette tactique a été mise en œuvre
dans la séance du 25 décembre et elle se réfléta dans
les lettres du 22 février, ainsi que dans les commentaires qui ont accompagné ma réponse. En général, je ne
prête jamais aucune attention aux provocations, en les
considérant comme une preuve de faiblesse, et je ne
m'attache qu'à ce qui est digne d'être éclairé.

M. Salles, en citant le sens de quelques-unes de mes
affirmations, a commencé sa lettre en disant que mes
deux assertions sont absolument fausses, et l'a termi-
née par les paroles suivantes : « *Que M. de Panaïeff
évoque bien ses souvenirs, et il reconnaîtra que ses
affirmations d'aujourd'hui sont le contraire de la
vérité.* »

Pour commencer et achever sa lettre de telle façon,
M. Salles aurait dû donner, sinon des preuves, du
moins quelque semblant de preuves. Que trouve-t-on,

cependant, entre le commencement et la fin de sa lettre ? — Pas autre chose que l'affirmation de tout ce qu'il a voulu nier.

M. Salles s'est-il présenté chez moi à *la Celle Saint-Cloud* ? - Oui !

Avais-je connu M. Salles avant sa visite ? — Non !

S'est-il présenté chez moi à titre de secrétaire de M. Louis Blanc ? — Oui ! car cela était écrit sur sa carte.

Est-ce moi qui me suis adressé à M. Louis Blanc ou à M. Talandier pour leur proposer de fonder un journal en commun ? — Non !

Pourquoi M. Salles est-il venu chez moi ? — Pour me parler du journal que son ami et maître avait l'intention de fonder.

Peut-on admettre que je sois stupide à tel point que j'entrerais en conversation sérieuse à propos d'une question importante avec une personne parfaitement inconnue si elle me parlait en son propre nom et non comme un messager d'une autre personne connue par moi et ayant une certaine autorité. Si ce que M. Salles a la hardiesse d'avancer était vrai, j'aurais échangé avec lui, par esprit de délicatesse, quelques paroles insignifiantes et cela aurait fini par là. Je possède nombre de lettres, j'ai reçu nombre de visites dans le but de m'entraîner à la fondation d'un journal, et, comme de raison, cela n'a jamais eu d'autre suite que mon silence aux lettres et quelques paroles de convenance avec les visiteurs. D'ailleurs, un homme, tant soit peu sensé, peut-il, dans de pareils cas, agir autrement ?

Ainsi, non-seulement je renouvelle mon affirmation, mais je prouve, par ce qui précède, que M. Salles s'est présenté chez moi au nom de M. Louis Blanc.

M. Salles a-t-il été, oui ou non, autorisé par M. Louis Blanc à faire des démarches auprès de moi ? — Cela ne me regarde pas ; c'est l'affaire de ces messieurs. D'ailleurs, — et je m'en rapporte à tous les hommes sensés — comment devais-je considérer ce fait que M. Salles, lors de sa première visite, sans quitter ma maison, m'ait fixé un rendez-vous avec M. Louis Blanc et l'ait fixé pour le lendemain ? M. Blanc le désapprouva-t-il ?

Enfin, veut-on encore une preuve ? — La voici :

A l'époque de la visite de M. Salles, j'avais déjà en main la lettre suivante, et je n'avais cependant aucune intention d'aller chez M. Louis Blanc.

22 juin 1876. — Paris, 47, rue d'Enfer.

Cher monsieur Swirsky,

« J'aurais dû vous écrire plus tôt; mais bien que nous
« ayons adopté provisoirement un projet d'acte de so-
« ciété du journal à fonder, je ne regarde pas encore la
« chose comme faite. Moi-même je ne suis point sa-
« tisfait de ce projet d'acte de société. Je partage sur
« beaucoup de points l'opinion de *M. Carada*, que
« vous trouverez très bien développée dans la copie
« ci-jointe de sa lettre et de son projet de modifications.
« Du reste, j'ai revu Louis Blanc hier. Il ne trouve
« pas que la somme réalisée soit suffisante et il ne voit
« pas d'inconvénient à ce que *nous attendions le re-
« tour* de M. de Panaïeff.

« Si, en attendant, vous jugez bon d'envoyer à M.
« de Panaïeff les papiers ci-inclus, il pourra voir où
« nous en sommes et ce qu'il aura à faire à son retour.
« A vous cordialement. »

A. TALANDIER.

Cette lettre prouve que M. Louis Blanc et ses amis attendaient mon retour.

Etant de retour, je ne fis connaître à personne mon arrivée, cependant le secrétaire de M. Louis Blanc se présenta chez moi à ma campagne. Nouvelle preuve que j'étais non-seulement attendu, mais que j'étais guetté. Que me dit ce secrétaire de M. Louis Blanc ?

Il me dit que le projet de Statuts qui me détermina à abandonner l'idée de faire un journal en commun n'avait pas d'importance, que M. Louis Blanc lui-même n'approuvait pas ce projet, et, au bout du compte, il me donna rendez-vous avec ce dernier, sans le voir, pour le lendemain. En même temps on voulait me séduire encore en me donnant le nom des personnes qui, à ce qu'on me fit croire, avaient souscrit pour 40,000 francs et 20,000 francs. Cette manœuvre ne se dévoila qu'au moment où nous nous réunîmes pour signer la souscription. Alors le prétendu souscripteur de 40,000 francs descendit à 9,000 et celui de 20,000 francs à 10,000 et M. Louis Blanc et M. Salles avaient souscrit *zéro*...

Pour ce motif j'ai dû porter ma souscription de 50,000 francs à 80,000.

A quoi se réduisent donc les paroles de M. Salles ? Aucune parole, aussi téméraire et provoquante qu'elle soit, ne pourrait rien contre l'évidence.

M. Louis Blanc a eu le courage de dire *que c'est de ma propre initiative que je me suis empressé de lui offrir mon concours financier.*

Moi, de mon côté, dans ma réponse précédente, j'ai raconté le fait, tel quel, pour faire savoir que ce n'est pas moi qui ai pris l'initiative de lui offrir un concours financier.

Mais comme M. Louis Blanc a besoin, pour *sa cause*, de soutenir le contraire, il a chargé ses amis de la défendre, et eux se sont écriés bravement : *Les assertions de M. de Panaïeff sont fausses !*

Eh bien ! j'ai dû donner des preuves du contraire et je les ai données. Avais-je raison de révoquer en doute l'avantage de la nouvelle manœuvre polémique choisie par M. Louis Blanc ?

Le public sera juge, si c'est moi qui ai dénaturé les faits *pour le besoin de ma cause*, comme l'a osé dire M. Salles, ou si ce sont d'autres personnes qui ont fait des efforts à ce sujet.

Je dois aussi rectifier une autre assertion de M. Salles. Il a avancé que le lendemain de mon entrevue avec M. Louis Blanc, il y a eu une réunion des actionnaires. Il se trompe. J'affirme que la réunion des actionnaires n'a eu lieu que plusieurs semaines après ma première entrevue, au mois d'août, avec M. Louis Blanc, et dans ce laps de temps j'ai eu l'occasion de causer maintes fois avec lui. Malgré les efforts des actionnaires qui n'avaient rien à verser, les prétendus gros souscripteurs du capital remettaient toujours la réunion, probablement par la raison, comme je l'ai mentionné plus haut, que leurs grosses souscriptions n'étaient que fictives et qu'ils avaient besoin de chercher d'autres souscripteurs.

S'il ne coûte rien à M. Salles d'affirmer des faits qui n'ont pas eu lieu, j'espère du moins que M. Louis Blanc aura plus de considération pour son nom et qu'il n'aura pas le courage de soutenir à ce sujet les assertions de son secrétaire et de son ami intime.

Moi et d'autres personnes savons bien jusqu'où peut aller la témérité des amis de M. Louis Blanc, quand il s'agit de défendre sa cause ainsi que la leur.

M. Salles ne s'est-il pas emparé clandestinement d'une procuration pour les actions qui m'appartenaient, mais qui se trouvaient inscrites au nom de M. Swirsky.

Les autres amis intimes de M. Louis Blanc n'ont-ils pas encouragé M. Salles dans cet acte qui avait pour but de me retirer par surprise dix voix dans le vote des questions importantes qui devaient être décidées par l'assemblée générale des actionnaires? M. Louis Blanc a-t-il oublié que le dossier du conseil de surveillance du journal doit garder la lettre suivante :

« St-Pétersbourg 9/21 décembre 1876. — 37, rue Kazanskoya.

« Au président du conseil de surveillance du journal
« l'HOMME LIBRE.

« Etant induit en erreur par la lettre de M. Salles,
« je lui ai envoyé une procuration pour dix voix. Je lui
« retire cette procuration et je vous fais connaître que
« toutes les actions inscrites en mon nom appartiennent
« à M. de Panaïeff qui a versé l'argent pour ces actions. .

« Veuillez, etc. »

« N. SWIRSKY. »

La procuration ex question a été envoyée en blanc à
M. Salles dans le but de me la remettre ; mais M. Salles
a préféré y mettre son nom et la présenter ainsi à l'assemblée générale. Que fait M. Louis Blanc à ce propos ?
Il approuve la conduite de son secrétaire en se ralliant
aux vœux d'autres actionnaires exprimés pour me retirer des voix. Je défie d'avance M. Louis Blanc d'affirmer qu'il a agi ainsi parce qu'il ignorait mes droits.

Je passe maintenant à ce rédacteur du journal qui
n'a pas trouvé autre chose à dire qu'à me plaindre ; et
il a raison. Certainement je suis à plaindre ; car, grâce
à M. Louis Blanc et à ses amis, parmi lesquels le rédacteur en question a été le principal conseiller, j'ai
perdu inutilement 35,000 francs, et je suis forcé de
porter un procès sur le dos. Ce ne sont pas cependant
ces considérations qui rendent les amis de M. Louis
Blanc si tendres à mon sujet. Ils me plaignent, croyant
que, de cette façon, ils m'effaceront complètement aux
yeux des lecteurs du journal. Décidément il ne faut
pas avoir grande confiance dans l'intelligence de ses
lecteurs pour compter sur le succès d'une pareille manœuvre.

M. Louis Blanc a cru m'écraser en publiant mon

toast, pour prouver que je suis en contradiction avec ma déclaration par laquelle je l'ai prié de m'épargner les qualifications qui, d'après moi, ne sont logiques que pour des sectes.

Je n'ai qu'à remercier sincèrement M. Louis Blanc pour cette publication ; car, autrement, mon *toast* n'aurait pas eu l'occasion de voir le jour.

Que veut dire le mot : *républicain* ? — Cela veut dire : un homme qui considère la forme républicaine comme un idéal, comme la meilleure forme de gouvernement.

Mon *toast* contient-il un seul mot qui dise quelque chose de pareil ?

Que dis-je dans ce *toast ?* — J'exprime d'abord une espérance que la République en France pourrait peut-être, cette fois-ci, compter sur sa durée. Cela veut-il dire que je considère cette forme comme un idéal ? J'invite ensuite les républicains français à avoir la prudence de songer à se procurer des alliés tenant à la forme républicaine, et j'indique, à propos des événements qui ont lieu dans la presqu'île des Balkans, que les peuples qui l'habitent pourraient être amenés à se former en plusieurs Républiques et qu'il serait de bonne politique d'exprimer à ces peuples quelques sympathies à l'occasion. — Encore une fois : est-ce une contradiction à ma déclaration et à mes brochures, connues par M. Louis Blanc et par ses amis, dans lesquelles je me suis attaché particulièrement à combattre le principe fondamental de la République comme il est compris aujourd'hui, c'est-à-dire à combattre le règne absolu de la formule $(\frac{M}{2} + 1)$ sur $(\frac{M}{1} - 1)$?

Je suis avant tout pour le fond, c'est-à-dire pour la vérité et pour la liberté, mais non pour la forme. Pour se convaincre que la forme républicaine ne résoud pas absolument les questions de la vérité et de la liberté, il n'y a qu'à se rappeler l'exercice de l'esclavage à Rome et, encore, en plein XIXᵉ siècle, en Amérique, où, pour faire disparaître cette honte de l'humanité, il a fallu une guerre civile si terrible, que les annales de la vie humaine n'ont présenté jusqu'à ce jour rien de pareil.

Je suis fier d'avoir, le premier, élevé la voix contre deux dogmes politiques qui, à mon point de vue, apportent beaucoup de malheur dans le monde. Ces dogmes sont : La souveraineté du *principe dès lois positives* et la souveraineté de *la formule* $\left(\dfrac{M}{2} + 1\right)$.

Heureusement, je ne me trouve plus seul dans cette voie. Voici ce qu'a dit l'honorable ex-ministre, M. de Marcère :

« Parmi les mille manières de gouverner, il y en a
» une qui n'a pas encore fait ses preuves, et qui, je
» l'avoue, a pour moi des attractions particulières ; je
» voudrais que le gouvernement apprît aux citoyens à
» *se passer des lois.* »

Et voici ce qu'a écrit un des plus éminents publicistes de ce siècle, M. Emile de Girardin, dans la *France* du 4 mars de cette année :

« Ayons le respect de la loi ; n'en ayons pas l'idolâ-
» trie. Tenons constamment au-dessus de la souverai-
» neté du nombre la souveraineté de la raison, démon-
» trée par le raisonnement et l'évidence. »

Il est temps enfin de passer à l'admirable réponse de M. Talandier. Cette réponse est si belle. M. Talandier y a montré la particularité de son grand talent avec tant de clarté, qu'il n'y a pas de doute que son œuvre ne soit appréciée par tous comme elle le mérite ; et, pour cette raison, j'ai pensé un instant que j'aurais pu me dispenser d'en faire des éloges qui ne pourraient rien ajouter au mérite de ladite œuvre.

Mais les œuvres, si grandes qu'elles soient, n'étant pas toujours dépourvues de quelques défauts, et leur analyse ne pouvant que profiter aux œuvres futures d'auteurs, je me suis décidé à faire cette besogne, sans me dissimuler l'effroi que j'éprouve en me risquant à toucher ladite léttre de M. Talandier, qui est incontestablement une œuvre hors ligne.

1° M. Talandier est enthousiasmé des *réfutations de mes divagations*, réfutations que M. Louis Blanc a cru devoir faire ressortir de la publication de mon *toast*.

Après l'analyse que j'ai déjà faite plus haut au sujet de ce *toast*, que reste-t-il de la prétendue réfutation de M. Louis Blanc ? J'ai même un pressentiment que l'enthousiasme de M. Talandier et du rédacteur en chef ne retentira pas au-delà de l'appartement qu'occupe la rédaction du journal ;

2° Le mot *divagation*, choisi par M. Talandier pour qualifier ma réponse précédente, n'est pas tout à fait heureux. J'ai pour habitude, acquise par une longue étude des sciences mathématiques et positives, habitude qui pourrait déplaire à M. Talandier et qu'il pourrait trouver mauvaise et gênante pour lui, d'être conséquent. Je défie M. Talandier de me citer une ligne dans ma réponse qui n'ait été provoquée par la lettre de M. Louis Blanc et la sienne. Je suis si sévère sous ce rapport, qu'involontairement je tombe toujours sur le système d'énumération, à quoi M. Talandier aurait dû faire attention. Cela peut ne point paraître beau au point de vue du style, j'en conviens, mais je pense qu'avant tout il faut songer à la clarté ;

3° M. Talandier veut me faire passer pour un menteur, en niant le fait de la rémunération qu'il a reçue de moi pour m'avoir servi comme interprète, en 1859, à Londres.

Ce n'est pas la première fois que M. Talandier, poussé par des circonstances, croit trouver un refuge dans la négation des faits. Moi et les personnes qui m'ont accompagné aux réunions de l'assemblée générale des actionnaires du journal, nous avons encore en mémoire le courage de M. Talandier de nier dans la séance du 27 décembre tout un discours prononcé par lui dans la séance précédente du 25 décembre. Dans cette séance du 25 décembre, M. Talandier avait pris la parole comme président du conseil de surveillance et avait conclu à la dissolution de la société. Cette conclusion n'étant pas dans les vues de M. Louis Blanc et d'autres personnes de la rédaction et de l'administration, la séance fut levée et la question remise au 27 décembre. Les deux nuits portèrent conseil et, à cette dernière réunion, M. Talandier, pour plaire à son maître, déclara qu'il n'avait jamais parlé comme président du conseil, et, usant de son droit de président, il renonça à poser la question de la dissolution de la société et ne permît pas même qu'elle fût posée par moi, qui étais propriétaire de plus de moitié du capital versé pour la fondation du journal. Ainsi, comme on le voit, M. Talandier n'est pas difficile quand il a besoin de nier les faits.

De ma part je déclare et j'affirme encore une fois que M. Talandier a été rémunéré pour son service d'interprète à Londres.

D'ailleurs, comment pouvait-il en être autrement ? Par quelle raison Herzen aurait-il pu être poussé à faire un appel à l'amitié de M. Talandier afin de me procurer le service d'un homme gratis ? Cela serait encore admissible si ce service se bornait à une seule journée. Mais moi j'ai passé à Londres plusieurs semaines ; j'avais beaucoup de rapports avec les différentes administrations de chemin de fer, et je n'avais d'autre interprète pour cela que M. Talandier. Je me rappelle bien encore les paroles de Herzen, qui me dit qu'il me recommanderait la personne qui donne des leçons de langue française à ses enfants, et qu'il était très-content de procurer quelques ressources à un homme qui était très-gêné dans sa position et qui gagnait honorablement sa vie par le travail ; et il m'indiqua même le chiffre de la rémunération. Je me rappelle aussi que j'ai été assez large à ce sujet, et que c'est le double, au minimum, du chiffre indiqué par Herzen que j'ai payé à M. Talandier, par la raison que j'ai toujours eu un faible pour les personnes qui gagnent leur vie par le travail.

Le fait de ladite rémunération ne plaît pas à M. Talandier. Or, suis-je fautif de ce que ce fait ait existé et que sa révélation ait été amenée par la lettre de M. Talandier, qui y a voulu présenter notre connaissance sous un autre aspect ?

Mais ce qui m'étonne dans la négation de M. Talandier, c'est que lui, se déclarant démocrate, éprouve une certaine susceptibilité de reconnaître qu'il a été rémunéré pour son travail.

Moi je ne me déclare pas démocrate, par la raison, comme je l'ai dit déjà, que je ne comprends pas ce mot hors d'Angleterre, à moins qu'on ne lui donne une nouvelle signification. Cependant, je n'éprouve pas la moindre susceptibilité d'avouer que j'ai gagné ma fortune par mon travail. Seulement, avant de me livrer au travail, je n'ai pas négligé de faire beaucoup d'études, et j'ai préféré choisir une branche qui crée les richesses plutôt que celle qui tend à exploiter les richesses d'autrui.

4° M. Talandier prétend que j'ai l'air de dire qu'il me compromet. — De quel passage de ma réponse a-t-il pu tirer cette conclusion ?

Le passage auquel fait probablement allusion M. Talandier ne fait qu'attirer l'attention de ceux que cela regarde sur les mobiles qui ont poussé M. Talandier à faire un parallèle entre moi et d'autres personnes. Mais ce passage ne contient pas un mot qui puisse lui donner à supposer que je redoute d'être compromis par lui.

Que M. Talandier soit tranquille ; ni lui, ni aucun autre homme au monde ne pourrait me compromettre en quoi que ce soit, par la raison bien simple que je n'ai jamais ni commis, ni écrit rien dont je ne doive être fier de l'avoir fait. Pour chaque révélation de mon passé,, je n'aurai qu'à remercier ceux qui voudront bien la faire.

5° M. Talandier annonce que je l'ai remercié à propos de la lettre par laquelle il a voulu me défendre vis-à-vis de l'assertion des *Droits de l'Homme*. Ici M. Talandier se trouve parfaitement dans le vrai. Mais qu'est-ce que cela prouve ? Ne remercie-t-on pas, par exemple, la personne qui nous fait passer une carafe d'eau à la table d'hôte ? A mon tour je demanderai à M. Talandier : L'avais-je prié de me défendre; et en avais-je besoin ? — Je sais me défendre moi-même, et jamais de ma vie, dans un semblable cas, je ne me suis adressé à personne. Décidément la mémoire fait défaut à M. Talandier. Quand M. Talandier, M. Louis Blanc et d'autres personnes sont arrivés chez moi, à *la Celle Saint-Cloud*, j'avais déjà une réponse toute faite. Mais M. Louis Blanc trouvait que c'est M. Talandier qui devait répondre, et ce dernier s'est mis immédiatement à l'œuvre. Ce n'est pas moi qui ai eu à souffrir, c'est M. Talandier et surtout M. Louis Blanc qui ont été très-agités par l'assertion des *Droits de l'Homme*, et, eux, qui ont rédigé la réponse en commun. Moi je me moquais, dans le fond de mon âme, de cette tempête dans un verre d'eau. Mais puisque les lettres de M. Talandier n'ont produit aucun effet sur ses confrères politiques, j'ai dû, en fin de compte, publier dans les *Droits de l'Homme* ma lettre, qui a fait voir le ridicule de l'assertion de cette feuille, lettre que MM. Louis Blanc et Talandier ont trouvé alors parfaite. Je ferai remarquer ici, en passant, que, à cette époque, je n'avais pas encore déboursé mon argent.

6° M. Talandier dit que, *contrairement à mes paroles d'alors, j'affirme aujourd'hui que je ne suis ni révolutionnaire, ni républicain, ni démocrate.*

Je déclare encore une fois que je n'ai jamais été et que, de même, je ne suis point à l'heure qu'il est, ni révolutionnaire, ni républicain, dans le sens qu'on attribue généralement à ces mots. Je déclare aussi que je n'ai jamais ni prononcé aucune parole, ni écrit une seule ligne qui auraient pu donner à croire que je suis tel, et que mon *toast*, comme je l'ai prouvé plus haut, ne contredit en aucune façon ni mon passé, ni ma déclaration actuelle. Quant au mot démocrate, j'ai déjà dit que je ne comprends pas sa signification.

Pourquoi M. Talandier fait-il aujourd'hui semblant d'être surpris au sujet de mes convictions ? Ne les connaissait-il pas par mes brochures ? Je lui rappellerai même une de mes lettres dans laquelle j'ai prouvé que ce n'est pas moi qui ai caché ou qui avais quelque intérêt à cacher le moindre pli de mes opinions, mais que c'est lui-même, ainsi que M. Louis Blanc et ses amis qui, jusqu'à une certaine époque n'y ont fait aucune protestation, guidés probablement par l'unique désir de fonder un organe à eux, coûte que coûte, sauf à me paralyser après l'avoir fondé.

7° Qu'est-il donc ? s'écrie M. Talandier.

Ainsi, d'après M. Talandier, pour être quelque chose, il faut absolument être révolutionnaire et républicain. Comment pourrais-je faire comprendre à M. Talandier qu'en dehors de ces termes, il y a tout un univers ? Ceci est au-dessus de mes forces. Je rappellerai seulement à M. Talandier que c'est précisément ici que je me rencontre avec cette *cloison* dont il a été question dans une de mes lettres en réponse à une des siennes, cloison découverte pour la première fois par Herzen dans l'esprit des doctrinaires politiques de l'Occident.

8° M. Talandier demande aussi : Que venait-il faire parmi nous ?

Parmi qui ? — A quoi fait-il allusion ?

Est-ce au banquet ? Mais il sait très-bien que c'est l'ami *intime* de M. Louis Blanc qui m'a apporté le billet d'invitation, sans que je le lui aie demandé, et ignorant même, jusqu'au moment de la réception dudit billet, qu'un banquet quelconque dut avoir lieu. Et j'y suis allé par la raison que connaît M. Talandier de ma réponse aux *Droits de l'Homme*. Une fois à ce banquet j'ai voulu provoquer des sympathies pour les malheureux peuples slaves. — Ceci il doit le connaître par mon *toast*.

Fait-il allusion à la fondation du journal ? — Alors il sait que c'est lui-même qui, petit à petit, m'a entraîné dans cette affaire pour en tirer, pour lui, tous les profits possibles.

Fait-il allusion à ce fait que je suis en France ? — L'explication de ce fait se trouve dans ma première lettre publiée dans l'*Homme libre* et aussi dans l'introduction à ma brochure : *Lettres aux Electeurs*, qui a paru, il y a un mois, chez le libraire Ghio, Palais-Royal.

Le ton de l'apostrophe : *Mais qu'est-il donc alors et que venait-il faire parmi nous ?* donne à croire que M. Talandier ne serait pas loin de soumettre le séjour des étrangers en France à une censure. Et j'avoue que c'est parfaitement logique de sa part, du moment qu'il appartient à une secte.

Mais nous autres étrangers, nous espérons que jusqu'à ce que M. Talandier et ses amis arrivent au pouvoir, cette censure ne sera probablement pas établie en France.

9° M. Talandier m'a qualifié de *sauvage*, et, encore une fois, il a parfaitement raison ; car, à son point de vue ainsi qu'au point de vue de ses amis, une personne qui, se trouvant dans le *monde civilisé*, compte, dans les affaires, sur *la conscience* des hommes, ne doit pas naturellement être autre chose qu'un *sauvage*.

Je termine en déclarant que je n'ai jamais eu la moindre intention de causer aucun désagrément à M. Talandier. Et si mon procès et mes réponses lui en causent, ce n'est pas à moi, mais à lui-même et à ses amis qu'il doit s'en prendre. D'ailleurs, il y a trois mois qu'il a été prévenu que je tiens au principe : *de ne jamais attaquer, mais de me défendre toujours.*

Cette lettre était écrite, quand j'ai appris que M. Talandier s'était retiré du journal l'*Homme libre.*

A ce propos, je me permets de rappeler à M. Talandier mes paroles et mes lettres par lesquelles j'ai tâché de le prévenir que le moment n'était pas éloigné où il regretterait d'avoir brusquement fait volte-face le 27 novembre, en s'engageant dans une nouvelle voie et en trahissant la vérité pour être agréable à ses prétendus amis. Sa lettre de retraite n'approuve-t-elle pas mes prévisions ?

Que M. Talandier prenne la peine de se rendre compte quels ont été les mobiles de ses actes et de ses paroles vis-à-vis de moi, qui lui ont attiré des désagréments, et il ne tardera pas à reconnaître que ces mobiles n'ont été dictés que par l'esprit de coterie, au préjudice de la vérité.

Avais-je donc raison de lui dire maintes fois que la partialité, la coterie et la secte rapetissent et abaissent les hommes, tandis que l'indépendance d'esprit, au contraire, fait toujours monter l'homme et élargit son horizon.

Nice, le 16 *mars* 1877.

V. PANAIEFF.

V. PATHFINDER.

Pour compléter le tableau, je dois faire connaître aussi mes relations avec l'administration du journal.

Dans le courant des débats relatifs aux Statuts, quelques actionnaires, au nombre desquels figurait le gérant du journal, ont émis l'opinion d'admettre la faculté de faire les versements pour les actions souscrites en lettres de change.

Trouvant cette proposition fort étrange et voulant me garantir contre une manœuvre de ce genre, je demandai d'introduire dans les Statuts un article qui devait exiger que tous les versements fussent faits au Comptoir d'escompte ou à tout autre établissement de crédit (cette stipulation figure dans l'article 15 des Statuts.)

A cet effet, j'ai effectué mon versement au Comptoir d'escompte. Quant aux versements des autres souscripteurs, M. le gérant, malgré l'insistance du Conseil de surveillance, n'a non-seulement pas versé l'argent au Comptoir d'escompte, ainsi que le prescrivait ledit article 15, mais n'a pas même présenté les Statuts à cette banque. Pour cette dernière raison, mon argent y restait déposé en mon nom.

A plusieurs reprises, M. le gérant m'invita à retirer mes fonds du Comptoir pour les déposer chez le notaire. Mais, considérant cet acte comme contraire aux Statuts, je m'obstinais à laisser mon argent où je l'avais placé. Et ce n'est seulement que quand je répondis par un refus écrit aux démarches faites par M. le gérant auprès de moi à ce sujet, qu'il se décida enfin (non sans essayer encore une fois de me détourner de ma résolution), à présenter les Statuts au Comptoir d'escompte. Je fis alors, à cette Banque, le revirement des fonds au nom de la Société.

Ce revirement eut lieu, si je ne me trompe pas, le 21 ou le 22 novembre. Naturellement, jusqu'à cette époque, je pouvais disposer de mon argent comme bon m'aurait semblé. Mais, par une étrange coïncidence, trois ou quatre jours seulement après le revirement dont il est question, M. Louis Blanc refusa la publication de mon article, refus qui détermina notre rupture.

Vers la mi-décembre, M. le gérant m'invita à faire un nouveau versement d'argent. A propos de cette invitation, j'ai adressé la lettre qui suit au président du conseil :

XXXI

A monsieur Talandier, président du conseil de surveillance du journal l'HOMME LIBRE.

MONSIEUR,

Le gérant du journal l'*Homme libre*, par une lettre en date du 7 courant, m'a informé, qu'en conformité de la délibération du conseil de surveillance, il y a lieu d'opérer le deuxième versement de ma souscription.

Considérant, que le conseil a reçu mes lettres des 8, 9 et 10 novembre, ainsi que celle du 27 du même mois, — cette dernière rétablissait la force des lettres précédentes, — dans lesquelles je demandais la convocation de l'assemblée générale, où j'avais l'intention de poser la question de dissolution de notre société, ou bien la restitution des fonds versés par moi ;

Considérant, par conséquent, que le conseil n'a pas le droit de demander le deuxième versement avant que la question posée par moi ne soit résolue ;

Considérant aussi, qu'à propos de ma démission, qui est positivement motivée, le conseil n'étant plus représenté que par 11 actions du capital, a dû convoquer l'assemblée générale avant de prendre quelque résolution que ce fût, d'autant moins une résolution aussi importante que celle du deuxième versement des fonds ;

Je regarde ladite décision du conseil comme non avenue, ce que j'ai l'honneur de vous faire connaître.

14 décembre 1876. — Paris, 3, rue Balzac.

J'ai déjà mentionné plus haut que, dans la séance du 27 décembre, M. Louis Blanc proposa une nouvelle émission d'actions et que je refusai de voter cette proposition.

Ayant reçu l'invitation de me rendre à l'assemblée, qui devait statuer sur cette émission, j'envoyai par huissier la protestation suivante :

XXXII

PROTESTATION

Envoyée par un huissier, de la part de M. de Panaïeff, à la réunion des actionnaires du journal l'Homme libre, à la date du janvier 1877.

Je ne reconnais pas la validité de la décision prise par l'Assemblée générale dans la séance du 27 décembre concernant une nouvelle émission des actions, par la raison que l'article 4 des Statuts demande pour cette résolution une assemblée, représentant au moins les deux tiers des actions. M'étant retiré de l'assemblée, celle-ci, en aucun cas, même si tous les autres actionnaires étaient présents, ce qui du reste n'a pas eu lieu, ne pourrait représenter deux tiers des actions.

D'ailleurs, il n'y avait aucun motif raisonnable pour voter une nouvelle émission des actions au moment où, sur les actions déjà émises, les actionnaires avaient à faire encore deux versements et que même la totalité du premier versement n'a pas encore été constatée légalement, ainsi que l'exige l'article 15 des Statuts. Je ne considère donc la proposition faite par le directeur politique, concernant une nouvelle émission des actions, que comme une manœuvre dirigée contre moi, qui représente la majorité des actions émises jusqu'à ce jour.

En outre, je proteste contre l'opposition qu'a faite le directeur politique à ma proposition de mettre aux voix la question de la dissolution de la société ; car l'article 26 des Statuts, tout en stipulant que *la dissolution de la société ne pourrait avoir lieu que par suite d'un accord entre le directeur politique et l'assemblée,* ne donne pas cependant à ce directeur le droit d'entraver la liberté des actionnaires en les empêchant de poser les questions et d'émettre leurs opinions. Du reste, comment peut-on savoir s'il y a accord, oui ou non, si ce n'est par un vote ?

Je proteste encore contre le refus opposé par l'assemblée à ma demande de me reconnaître propriétaire des actions inscrites au nom de M. Swirsky, car j'avais présenté au début de la séance les documents qui prouvaient mes droits. Ces documents étaient :

1° La cession faite à moi par M. Swirsky des dix actions inscrites à son nom, cession par laquelle il me cédait ses actions par anticipation, à partir du 1er décembre 1876. Ledit document a été rédigé dans l'assemblée générale des actionnaires lors de la signature des Statuts, et a été, toujours à cette époque, dénoncé par moi et par M. Swirsky au président du conseil M. Talandier, et aux autres actionnaires, ainsi qu'à M. le gérant ;

2° Une lettre de M. Swirsky, adressée à mon nom,

datée du 21 novembre, par laquelle il affirmait mes
droits sur les actions ;

3º Le récépissé du premier versement du capital pour
dix actions inscrites au nom de M. Swirsky, récépissé
qui m'a été délivré par M. le gérant.

Quelle autre preuve fallait-il encore présenter ?
Même, en me plaçant dans la voie de la formalité, je
déclare que la dénonciation a été faite à deux reprises :
d'abord dans la réunion qui a eu lieu lors de la signature des Statuts et ensuite dans la réunion du 27 décembre, au début de la séance. Les Statuts, ne demandant
aucune autre formalité qu'une dénonciation et ne déter-
minant aucun délai entre cette dernière et la mutation,
je considère le refus fait par l'assemblée du 27 décembre de me reconnaître propriétaire des actions inscrites au nom de M. Swirsky comme un acte illégal et
comme une violation de l'article 9 des Statuts.

La lettre de M. Swirsky, arrivée depuis au président
du conseil, n'était nullement nécessaire pour remplir
la formalité de la cession des actions. Cette lettre a été
adressée au président, uniquement pour dévoiler la
manœuvre de M. Salles.

Je proteste, par conséquent, aussi contre cette manœuvre faite par un des membres du conseil, manœuvre par laquelle il a induit en erreur M. Swirsky, afin
d'obtenir à mon insu, de ce dernier, une procuration en
blanc, qu'il a présentée à l'assemblée comme ayant été
envoyée en son nom ; manœuvre destinée à embrouil-
ler la question, dans le but de me retirer 10 voix.

Quelques jours après je reçus de l'administration
la lettre suivante, signée, non par le gérant, mais
par une autre personne :

XXXIII

L'HOMME LIBRE
Journal Quotidien
Directeur politique : LOUIS BLANC.
16, Rue de la Grange-Batelière, 16.
PARIS.

—

CABINET DU DIRECTEUR.

Paris, le 13 *janvier* 1877.

MONSIEUR,

L'assemblée générale des actionnaires du journal l'*Homme libre* est convoquée pour une réunion extraordinaire :

Vous êtes prié de vouloir assister à cette réunion qui aura lieu demain soir, 1er février, à 8 heures et demie, au siége social, 16, rue de la Grange-Batelière.

Veuillez agréer, Monsieur, l'assurance de ma considération très-distinguée.

Pour l'Administrateur,
L. VALAT.

En suite de cette lettre j'ai adressé au président de la réunion des actionnaires la lettre ci-dessous :

XXXIV

Au Président de la réunion des actionnaires
du journal L'HOMME LIBRE.

Réunion devant avoir lieu le 1er Février.

Dès le début de l'organisation de la société du journal l'*Homme libre*, cette société a agi en dehors des Statuts.

1° Le gérant de la société n'a pas versé les fonds au Comptoir d'escompte ni dans aucun autre établissement de crédit.— Violation de l'article 15 des Statuts.

2° Malgré le procès-verbal dressé par le conseil de

surveillance, qui lui rappelait cet article des Statuts, le gérant n'en a tenu aucun compte.

3° Le gérant n'a pas non plus tenu compte de l'article 13, qui exige que les dépenses à faire soient approuvées d'avance par le conseil de surveillance.

4. A ma demande faite à titre de membre du conseil de surveillance et de possesseur de plus de la moitié du capital souscrit, de me livrer les documents nécessaires pour exercer un contrôle sur la gestion des affaires, le gérant, dans une séance du conseil, a répondu par un refus, ce qui m'a déterminé à me retirer de la séance et à envoyer ma démission.

5° Ayant demandé en vertu de l'article 21, à plusieurs reprises, depuis le 5 novembre, la convocation de l'assemblée générale, dans le but de réclamer la restitution de mes fonds ou, à défaut de cette restitution, la dissolution de la société, cette convocation n'a eu lieu que le 25 décembre.

6° La question de dissolution de la société, posée par moi à l'assemblée générale, a été repoussée dictatorialement par le directeur politique du journal, M. Louis Blanc, et n'a pas été mise aux voix.

7° L'assemblée a refusé de me reconnaître comme propriétaire de dix actions, inscrites par moi au nom de M. Swirsky, malgré les documents qui ont été présentés au début de la séance et malgré la dénonciation faite par moi et par M. Swirsky, au moment de la signature des Statuts, aux principaux actionnaires qui ont été élus ensuite pour les fonctions de Président et de membres du conseil de surveillance. En même temps cette dénonciation a été faite aussi à M. le gérant, — preuve que lui a délivré le récépissé pour le versement des fonds à moi, et non à M. Swirsky. Il est bon à M. le gérant de faire semblant d'ignorer ladite dénonciation, le fait n'en existe pas moins. M. le gérant persiste jusqu'à présent à faire semblant de ne pas me reconnaître comme propriétaire des dites actions, puisque dernièrement il s'est adressé encore à M. Swirsky.

8° Le membre du conseil M. Salles s'est emparé illégalement d'une procuration de M. Swirsky en inscrivant son nom sur le *blanc* qui lui a été envoyé par M. Swirsky, dans le but que mon nom y fut mis.

9° L'assemblée du 27 décembre ne pouvant représenter, à la suite de mon abstention et par la raison que je m'en suis retiré, les 2/3 des actions, n'en a pas moins voté une émission de nouvelles actions en violation de l'article 4 des Statuts.

10° Les réunions subséquentes ont eu lieu sans que j'aie reçu aucun avis et sans que le but de ces réunions eût été motivé dans les annonces faites par le journal. Du reste, la lettre que je viens de recevoir ne parle pas non plus du but de la réunion d'aujourd'hui, à laquelle cette lettre m'invite à me présenter.

11° Ayant demandé, il y a plus d'un mois, les copies des procès-verbaux des séances du conseil de surveillance, ainsi que des assemblées des actionnaires, je ne les ai pas reçues, malgré l'article 23 des Statuts qui prévoit le cas de la reproduction desdits documents.

En présence de tant d'actes illégaux et arbitraires, dirigés tous à mon préjudice, en présence de ces faits, que l'administration a agi en dehors des Statuts, et depuis plus de deux mois, agi en dehors de mon avis, qui représente l'avis de plus de la moitié du capital, je refuse de prendre part à la réunion d'aujourd'hui sans connaissance de cause.

V. Panaieff.

Paris, 3, rue Balzac. — 1er Février 1877.

Ayant exposé les faits tels qu'ils se sont produits et ayant donné les documents à l'appui, le public peut être juge entre M. Louis Blanc et ses amis d'un côté et moi de l'autre.

Ayant omis d'insérer deux de mes lettres dans la première édition, une adressée à M. Talandier, et l'autre à M. Louis Blanc, je trouve qu'il ne serait pas superflu de les publier ici, d'autant plus que j'ai déjà été obligé de m'appuyer sur elles.

XXXV

1er décembre 1876.

A monsieur Talandier,

Monsieur,

Après avoir expédié ma lettre d'aujourd'hui, 1er décembre, je me suis rappelé que je ne vous ai donné aucune réponse à ce passage de votre lettre où, pour vous justifier et pour justifier M. Louis Blanc, vous invoquez, je ne sais à quel propos, le nom de M. Herzen.

Je ne demande pas mieux. . . . .

. . . .
Vous l'avez vu plus souvent que moi, mais moi je l'ai connu infiniment mieux que vous.

Herzen considérait N. N. comme une des nullités, au point de vue politique, et comme un esprit très médiocre et très borné. . . . .
. . . . Je le considérais comme un honnête homme, pas davantage.

Sachez aussi que Herzen ne vous aurait jamais parlé, à vous, comme il m'aurait parlé à moi.

C'est lui qui, le premier, a dévoilé les doctrinaires de l'Occident et qui les a flétris impitoyablement. Il considérait que dans l'esprit du doctrinaire de l'Occident il s'est formé une cloison qu'il ne lui est pas donné de franchir ; et toutes les conversations avec ces hommes-là, touchant certains sujets, il regardait comme une pure perte de temps, étant d'avis que leur esprit n'est jamais parfaitement libre.

Il est probable que vous ne connaissez pas bien ses œuvres. Ce sont elles qui nous ont fait connaître l'Europe occidentale, et surtout la France, non dans les personnes de vos adversaires, mais dans les personnes appartenant à votre camp.

Les enfants de Herzen doivent garder chez eux un mémoire qui n'est pas encore publié, où Herzen décrit avec une verve incomparable, propre à son génie, non-seulement l'esprit, mais aussi l'âme de l'homme de l'Occident. Ce mémoire paraîtra un jour, et c'est moi qui me chargerai de le traduire en français.

Si je suis venu vous trouver, c'est en l'honneur de Herzen, et en croyant que sa compagnie aurait pu contribuer à élever vos points de vue sur beaucoup de questions.

Ce n'est donc ni vous ni M. Louis Blanc qui pourrez invoquer le nom de Herzen comme une sorte de reproche à mon adresse ; c'est moi qui l'invoque et qui demande l'appui de son génie pour pouvoir continuer cette partie de son œuvre où il dévoile les doctrinaires de l'Occident.

Je suis venu ici pour la conciliation ; j'ai fait pour cela tout mon possible et j'en ai donné des preuves irrécusables. Vous ne l'avez pas voulu, vous autres, car vous ne possédez pas l'esprit de sociabilité et vous ne songez qu'à des luttes dans le but de vaincre et de dominer.

Soit, je ne fais que relever le gant qu'on m'a jeté.

Agréez, etc.

V. PANAIEFF.

XXXVI

6 décembre 1876. — Paris, 3, rue Balzac.

A monsieur Louis Blanc,

MONSIEUR,

Je trouve de mon devoir de justifier une assertion que j'ai été obligé de faire dans l'article que vous avez refusé de publier, assertion qui a été amenée par vos paroles, qui m'attribuaient une certaine inclinaison vers le panslavisme. Dans mon article j'ai dit que je pouvais démontrer, à mon tour, que la rédaction se trouve beaucoup plus sous la domination des principes qu'a engendrés le catholicisme, que moi je ne me trouve sous la domination du principe qu'engendre le panslavisme.

Eh bien ! comment expliquer votre conduite à mon égard, si ce n'est par l'esprit d'intolérance, de domination et par ce besoin que vous éprouvez de tenir tellement ceux qui vous entourent en votre pouvoir, qu'ils en soient réduits à parler à votre façon.

Vous croyez être libre-penseur, mais vous êtes catholique ; absolument comme les catholiques, croyant être des chrétiens, sont des païens. Le véritable esprit de liberté, à peu d'exceptions près, n'est pas encore compréhensible pour ceux qui tiennent aux principes romains, principes engendrés par le peuple le plus despote, le plus anti-libéral et le plus anti-sociable qui ait jamais existé.

Dans l'histoire romaine, on voit toujours l'exercice de l'esclavage, des persécutions et des luttes de partis ; toujours la domination des uns sur les autres, et jamais la vraie liberté. Rappelez-vous aussi l'institution des *censeurs*. L'histoire d'aucun peuple ne présente rien de

pareil. Il y a donc environ trente siècles que la tendance
de réglementer la conscience humaine et de la dominer
s'est manifestée chez vos ancêtres.

Le catholicisme, venant plus. tard, a trouvé un
champ déjà tout préparé pour exercer une domination,
non-seulement sur les personnes, mais aussi sur les
consciences, et il a inventé l'Inquisition. Aussi, y a-t-il
eu jamais rien de semblable dans l'histoire d'aucun
autre peuple ?

Comment voulez-vous que l'oppression de trente siècles, n'ait pas laissé de traces sur les générations ac-
tuelles ; preuve, l'histoire très connue par vous de la
révolution du siècle passé. Son caractère ne se ma-
nifesta-t-il pas par l'intolérance, par l'envie de dominer les consciences et par les luttes des partis ?

Vous êtes-vous rendu compte de la principale cause
du partage de l'Eglise en deux : l'Eglise occidentale et
l'Eglise orientale ? Certains peuples, préparés suffisamment par les principes romains, ont été particulièrement propres à supporter la domination qu'on imposait
à leur conscience, tandis que d'autres ne pouvaient l'en-
durer ; de là, nécessité de se séparer ; et c'est pour cela
aussi qu'on observe à l'Occident l'esprit d'intolérance
et dans l'Orient de l'Europe l'esprit de tolérance. Con-
sultez attentivement l'histoire et les faits contemporains
et vous serez obligé de reconnaître cette vérité.

Que voyons-nous en ce moment en France et en Espagne ? Rien que des luttes de partis, exactement
comme autrefois chez les Romains. Dans l'opposition
on est libéral, au pouvoir les mêmes hommes sont op-
presseurs. Toujours la même intolérance, toujours l'esprit de domination. Depuis un siècle, vous travaillez
pour conquérir la liberté ; maintes fois les prétendus
libéraux ont eu en mains le pouvoir et ils se sont toujours distingués, comme leurs adversaires, par l'oppression. Toujours de belles promesses et des actes
contraires.

C'est pour cela que vous êtes le peuple civilisé le moins libre du monde. La cause s'en trouve dans l'esprit général et dans le caractère qui s'est formé sous le joug tyrannique des païens romains et catholiques.

Cette oppression de trente siècles *a commis un crime sur l'être humain*, en dénaturant sa conscience et en lui enlevant la conception de la vraie liberté et, par conséquent aussi, l'esprit de la vraie sociabilité. En outre, cette oppression continuelle a créé naturellement des bornes dans l'esprit humain, de sorte qu'il est, en ce moment, privé — à part de rares exceptions — de la faculté de se porter à un point de vue élevé ; il voit parfaitement bien les choses d'un côté, mais jamais l'ensemble ; et enfin, cette oppression continuelle de la conscience a dû forcément engendrer l'esprit de mensonge et d'hypocrisie, qui se traduit par l'humilité quand on est faible et par l'arrogance quand on est fort ; par la pusillanimité dans les moments de malheur et par la vanité illimitée dans les cas de succès. Cela s'observe dans les grandes comme dans les petites choses.

Que faites-vous quand vous songez à posséder une liberté quelconque ? Vous demandez absolument à voter une loi, sans vous douter que chaque loi est une borne à la liberté. Cette manière de voir vous vient de Rome ancienne et du catholicisme. Et comme la conception de la conscience a disparu chez vous, vous ne pouvez pas même admettre l'idée de *se passer des lois*. Cette idée a paru tellement incompréhensible à l'esprit des hommes de votre pays, qu'ils ont cru à une erreur typographique et ont compris comme si M. de Marcère avait dit : *se passer de lui* (du gouvernement), tandis que, au contraire, il avait dit : *se passer des lois*.

Comment, dans toute la France, il ne s'est trouvé pas un organe pour apprécier dans son sens vrai les paroles significatives du ministre, et tous en ont défiguré le vrai sens, parce qu'il leur a paru impossible à tous; sans en excepter le journal l'*Homme libre,* qui a répété, encore récemment, cette erreur.

Un aussi mauvais écho aux paroles du ministre a dû certainement le froisser, et c'est là probablement la cause de son silence au sujet des interprétations fausses, faites par la presse, de ses paroles, préférant plutôt paraître inconséquent que d'entrer en lutte à propos d'une question qui n'est pas à la hauteur des esprits qui l'entourent. N'est-ce pas une des preuves que le régime romain et catholique a borné, sous certains rapports, l'esprit des hommes qui y ont été soumis ?

Quel spectacle représente ici la presse en général ? Rien que des luttes entre les rédactions ou des attaques de tout genre contre les ministères dans le but d'arriver au pouvoir pour dominer à son tour les autres. C'est là ce qui prédomine et absorbe toutes les préoccupations. Et le journal l'*Homme libre* n'a pas osé ne pas suivre l'exemple des autres.

Quel exemple présente aussi la Chambre ? Dans une phase aussi grave de l'histoire de l'humanité que celle que l'Europe traverse en ce moment, tout l'intérêt de la Chambre et du public se concentre sur la question de savoir : fera-t-on des *décharges* de mousqueterie ou non sur les tombeaux de ceux qui ont porté pendant leur vie des rubans rouges à leurs boutonnières ? Et ce qui est triste à voir, c'est que parmi cinq cents députés, pas une voix assez puissante ne s'est élevée pour rappeler à l'Assemblée son devoir et pour placer cette misérable question à la place à laquelle elle devrait être. Voilà vraiment les libres-penseurs ! Croyez-vous que l'Europe ignore ces spectacles et qu'elle ne s'en moque pas ?

Aussi, pourquoi avez-vous manifesté tant de sympathies pour les seigneurs et le clergé polonais ? Car ce n'est pas pour la liberté qu'ils ont lutté, mais pour pouvoir garder leur domination morale sur le peuple qu'ils ont abruti et abêti, et qui allait enfin être émancipé par le *droit à la terre,* qui lui a été retiré par la domination polonaise, et que la Russie venait de lui restituer. — Vous leur avez porté sympathie parce qu'ils sont de vrais catholiques.

Pourquoi n'êtes-vous pas sincèrement sympathique aux soulèvements des peuples slaves en Turquie, malgré leurs souffrances de plusieurs siècles et malgré les abominations qui se sont produites à vos yeux, mais qui ne soulèvent pas cependant une véritable indignation dans vos âmes ? C'est parce que ces peuples ne sont pas des catholiques.

Vous êtes pour l'unification de l'Italie et contre l'unification de l'Allemagne. Où sont donc les principes ? Toujours double poids et double mesure.

Vous redoutez la race slave et vous avez raison.

Seulement, soyez tranquilles, ce n'est pas par les canons ou par la force que cette race, qui s'accroît tous les jours, viendrait vous conquérir. Cette race a trop de bons sens pour songer à une semblable absurdité. La conquête du monde par la force a pu seulement naître dans un véritable esprit catholique, comme l'a été Napoléon 1er, esprit qui comporte l'étroitesse d'idées jusqu'à l'absurdité et l'envie de la domination jusqu'à la folie.

Mais ce qui ne manque pas de probabilité, c'est que la Russie pourrait donner l'initiative à la régénération sociale de l'Europe par son autorité morale.

Cette autorité ne tardera pas à être reconnue au peuple russe, car il garde en lui les deux éléments qui résolvent la question sociale, question qui consiste d'abord à constituer dans les relations sociales un contrepoids au capital, pour arriver à l'indépendance ou autrement à la liberté réelle, et ensuite à acquérir aussi la vraie liberté morale. Le premier élément, est le *droit à la terre,* seul droit qui puisse constituer un véritable contrepoids aux abus du capital, droit que le peuple russe a su conserver, malgré les efforts de la Pologne et les réformes germaniques de Pierre Ier. Le second élément est l'esprit de la *conscience*, qui sert à ce peuple de guide dans ses relations sociales, puisqu'il ignore et veut ignorer les lois humaines, ne reconnaissant dans sa conscience que la loi suprême.

Cet esprit de la *conscience* est le seul qui puisse déraciner le principe romain ne connaissant d'autre salut pour le monde que les lois et les règlements, principe contraire à l'esprit de liberté. Et cet esprit de la *conscience*, le peuple russe l'a su conserver malgré tous les efforts déployés par les différents réformateurs depuis Pierre Ier jusqu'à nos jours. Toutes les réformes romaines se brisent en Russie continuellement et ne restent dans la pratique de la vie sociale du peuple russe qu'à titre de lettres mortes.

Après vous avoir brièvement expliqué le résumé de mon opinion au sujet de l'esprit du catholicisme, je soutiens que vous, personnellement, tout en cherchant à passer pour libre-penseur, vous n'êtes pas quitte de la maladie qu'ont engendrée le romanisme et le catholicisme.

Cette maladie se manifeste : 1° Par l'intolérance qui engendre des partis et des luttes interminables, état de choses diamétralement opposé à l'esprit du socialisme. 2° Par le désir de dominer non-seulement les personnes, mais les consciences, ce qui conduit naturellement aux principes qui nient la conscience, qui considèrent l'homme comme un foyer de mal, qui constituent la méfiance et tuent *la foi dans le bien*. De là, réglementation interminable de la vie humaine par les lois, état de choses contraire à l'esprit de liberté.

Si vous vous donniez la peine d'analyser impartialement le caractère du journal que vous dirigez, vous ne manqueriez pas de reconnaître que vous êtes tombé dans la routine générale : c'est-à-dire que vous êtes intolérant et que vous ne songez qu'aux attaques quand même, par conséquent aux luttes, au lieu de songer à éclairer les égarements d'autrui, comme vous devriez le faire si vous croyez être plus éclairé. Autrement à quoi était-il bon de se charger de la direction d'un journal?

Voulez-vous aussi porter votre attention sur quelques-uns de vos actes envers moi.

Dans ma lettre intitulée l'*Ère nouvelle* , vous avez voulu couper tout ce qui ne vous plaisait pas. Vous devez vous rappeler que les lignes suivantes :

« Quel est donc le caractère de l'ère nouvelle qui se
« prépare ?

« Nous oserons le formuler en quelques mots :

« *Réalisation* dans la pratique de la vie sociale du
« principe philosophique du Christ : *Aime ton prochain*
« *comme toi-même et ne lui fais rien de ce que tu ne*
« *voudrais pas qu'on te fît.* »

et quelques autres n'ont été rétablies qu'après que je vous eus annoncé ma ferme résolution de rompre immédiatement avec le journal si ces lignes n'étaient pas publiées. Ainsi vous ne pouvez pas vous vanter de *tolérance* à ce propos, ces lignes n'ayant été imprimées que par force.

Vous refusez de remplir les engagements que vous avez pris à mon égard, comptant certainement sur ce fait : que ces engagements ne figurent pas dans les Statuts. *Ceci est la négation de la conscience.*

Vous ne supportez pas la contradiction, et profitant de votre droit de directeur, vous empêchez la discussion, engagée cependant par vous. *Ceci est un empiètement sur la liberté la plus chère à l'homme.*

Au lieu d'une discussion — que vous avez imprudemment engagée — et vous voyant déjà à peu près battu, pour vous tirer d'affaire vous faites un projet d'article, comme s'il émanait de moi, et un autre en votre nom qui combat victorieusement le pseudo-mien. Une bien ingénieuse invention pour éclairer les débats ! Et cela dans une question aussi grave, aussi importante, et, vu les circonstances, aussi urgente que celle qui s'est présentée à la discussion. Convenez donc, Monsieur, que *c'est un empiétement sur la conscience d'autrui*, surtout parce que vous avez cru que, par la situation où je me trouve, vous pourriez me mettre dans la nécessité d'accepter votre projet.

Je crois avoir assez dit pour justifier mon assertion par laquelle j'ai exprimé mon avis que la rédaction du journal se trouve beaucoup plus sous la domination des principes qu'a engendrés le catholicisme, que moi je ne me trouve sous la domination des principes qu'engendre le panslavisme.

Je retourne à la question générale.

Certainement le fait que j'apprécie à mon point de vue ne dérive que de la nature des choses : le cerisier ne peut produire que des cerises et nullement des oranges. Le romanisme et le catholicisme n'ont pu produire que ce qu'ils valaient. Leurs produits, comme nous l'avons déjà dit, sont : intolérance, luttes, domination, négation de la conscience, méfiance, absence de la foi dans le bien, esprit de réglementation et absence du véritable esprit de liberté et de sociabilité. Il s'ensuit que les prétendus libéraux de votre pays, sauf quelques rares exceptions, ne sont que des cléricaux sous une autre forme et dans une autre rôle.

Spectacle bien triste et qui suggère beaucoup de réflexions ! Surtout si on se rappelle la défunte Pologne perdue à cause des luttes intérieures ; de l'Espagne, presque mourante pour la même cause, et de la France, divisée en partis qui ne songent qu'à lutter pour conquérir la domination. Seule l'Italie fait, depuis peu de temps, une exception. Fait qui est digne d'être approfondi.

Les réflexions auxquelles nous avons fait allusion

seraient bien désolantes si l'effet produit par le romanisme et le catholicisme embrassait toute la société.
Heureusement, leur effet n'a embrassé de préférence
que la classe dirigeante. Mais, derrière cette classe, se
trouvent des millions d'hommes qui, plus ou moins,
sont restés intègres.

Bien qu'étranger, j'ai cependant la prétention de
connaître le caractère du peuple français. J'ai eu
beaucoup de relations avec des français de toutes clas-
ses et j'ai pu me former une opinion. J'ose même croire
que je le comprends mieux que vous, car si vous le con-
naissiez bien, vous n'auriez pas consacré le journal à
amuser le public en ridiculisant vos adversaires politiques, en vous moquant de leurs figures, de leur tenue,
etc.; vous n'auriez pas songé non plus à amuser les
promeneurs du boulevard ; vous n'auriez pas fait d'attaques quand même ; vous n'auriez pas donné de l'importance à la question de la *décharge* sur les tombeaux;
vous n'auriez pas songé exclusivement à la lutte avec
les autres journaux. Mais vous vous seriez empressé
d'instruire le peuple, qui est avide de l'être et qui ne
trouve rien dans la presse, ou bien n'y trouve par
hasard que des théories folles et absurdes ; vous auriez
compris ce défaut de la presse et vous vous seriez empressé d'agir en conséquence. Vous auriez fait attention à ces paroles du ministre, qui a eu le courage de
dire qu'il aimerait voir les citoyens se *passer des lois*,
et vous l'auriez soutenu dans cette idée toute nouvelle
dans votre pays, idée qui peut vraiment régénérer la
société et résoudre beaucoup de problèmes sociaux auxquels vous rêvez et qui semblent, aux yeux d'une
grande majorité, des problèmes insolubles. Vous n'avez
pas bien compris ces besoins du peuple, par conséquent
j'ai le droit de dire que vous le connaissez mal.

Cependant, j'ai fait tout mon possible pour vous
mettre, malgré vous, dans la vraie voie.

Entre autres choses, j'ai préparé de longue main une

série d'articles à l'adresse des électeurs ou du peuple, articles dont je vous ai parlé avant l'apparition du journal. Cette seule raison devrait leur donner un droit à la priorité. Mais vous avez préféré faire paraître dans le journal des articles que vous trouviez plus amusants, et les miens n'ont pu y trouver place jusqu'à présent. De cette série d'articles, il n'en est paru qu'un seul, et encore après une longue lutte. En outre, pour une raison que je ne comprends pas, vous avez exigé que l'adresse aux électeurs fût absolument retirée.

Le peuple, qui renferme encore en lui des esprits intègres, non déformés par les différentes théories économiques et politiques fausses et absurdes, sait mieux comprendre ce qui est vrai et ce qui est pratique, ce que vous ne savez pas apprécier.

Vous, prétendu représentant du peuple, vous ne connaissez pas le peuple! Le temps n'est pas éloigné où lui, à son tour, ne vous connaîtra plus.

Vous n'avez produit jusqu'ici aucun homme qui soit à la hauteur de notre époque ; et ce n'est pas vous qui pourrez sauver votre pays.

La France est lasse des politiciens et des légistes, de ces ignorants de la vraie science. Depuis un siècle, vous ne faites qu'agiter sans rien résoudre, car, à défaut des vraies sciences, vous ne possédez pas ce qu'il faut pour cela. Vous entraînez votre pays vers un abîme. Les désirs et les besoins non satisfaits amènent la rage, et c'est par cela que s'expliquent vos révolutions.

C'est du milieu du peuple et du milieu de ceux qui étudient les vraies sciences et dont l'esprit n'est pas dénaturé par les différentes théories absurdes, qui ne sont, au fond, que le romanisme et le catholicisme déguisés, c'est de ce milieu vraiment instruit et laborieux qui fait la vraie gloire de la France, que vous, politiciens et légistes, avez voulu ignorer et que, dans votre ignoránce, vous n'avez jamais su apprécier, c'est de ce milieu que sortiront les hommes qui sauveront la France et vous en même temps. Place ! ils ne tarderont pas à venir !

Agréez, etc.

V. PANAIEFF.

Nice. — Typ. S. C. Cauvin et Cᵉ., rue de la Préfecture, 6.

www.ingramcontent.com/pod-product-compliance
Lightning Source LLC
Chambersburg PA
CBHW060812250626
47162CB00005B/1751